I0611654

Irene Pietsch

Jabo Port

Mandamos Verlag

© 2017 Irene Pietsch

Umschlag, Illustration: Irene Pietsch

Verlag:

Mandamos Verlag UG (haftungsbeschränkt)
Alte Rabenstr. 6, 20148 Hamburg

Herstellung und Vertrieb:

tredition GmbH,
Halenreie 42, 22359 Hamburg

ISBN

Paperback	978-3-946267-36-2
Hardcover	978-3-946267-37-9
e-Book	978-3-946267-38-6

Per Kurier

Herrn
E.- H. Grotschy
P.O. Box AG 3210

A - Wien   Hamburg, d. 11. Jan. 2015

Betr.: Das „gelbe Haus"

Bezug: Unser Gespräch vom 27. März 2014
Hier: Frau Chagalevskaja und Kontakte

Sehr geehrter Herr Grotschy,

in o.g. Angelegenheit überreichen wir Ihnen heute das Resultat unserer Recherchen als

- Protokoll

sowie

- Auszüge einiger uns vorliegender Schriftstücke, die Frau Chagalevskaja betreffen,
- einzelne Kopien eines Schriftverkehrs zwischen Kontaktpersonen von Frau Chagalevskaja, die zur Erhellung des Nachlasses von Frau Wanda Kyattyani geb. von Kassenlos-Bord beitragen können.

Frau Wanda Kyattyani nannte sich um 1900 herum Frau Wykunda und hatte eine Tochter.

Wir hoffen Ihnen gedient zu haben und würden es begrüßen, von Ihnen Dokumenten zur Verfügung gestellt zu bekommen, die in der Angelegenheit weiterführend sein könnten, da es sich bei dem Nachlass um verschiedene Stämme handelt, die unter Umständen berücksichtigt werden müssen, was zu prüfen gilt.

Mit freundlichen Grüßen

(B. Smaragd)

Herr Grotschy sitzt nach mehr als einem Jahr gespannter Erwartung erneut einem der beiden Inhaber von der Spezial Agentur „GAVAST" in Hamburg gegenüber und klopft erregt auf einen Stapel Papier vor sich, auf dem der Brief liegt.

„Sie erlauben mir, dass ich eine andere Prioritätenliste angefertigt habe, als Sie mir vorgekaut zu servieren beliebten, als ob Sie mit einem aus dem Nest gefallenen Jungvogel zu tun hätten, der mit Gewöll geatzt werden muss."

Herr Grotschy sprüht förmlich vor aufgeladener Energie. Beinahe stehen ihm die Haare zu Berge, was durch ein Festigergel verhindert wird.

„Danke vielmals für die Aufmerksamkeit! Mit Verlaub: das, was Sie mir auf einer dürftigen Seite bieten, ist ausgelutschtes Zuckerrohr in einem hübschen Zellulose Tütchen!"

Herrn Grotschys Energie lässt nicht nach. Das Festigergel in seinem Haarschopf genauso wenig. Sein Gegenüber hat sich hinter verschärfter Abwartehaltung mit einstudiertem Lässigkeitseffekt verschanzt, was Herr Grotschy einerseits bemüht ist zu übersehen, andererseits als Adrenalinanreiz willkommen ist.

„Schlimmer noch, verehrter Herr Gavast...“

„„Smaragd““, kommt es wie aus der Pistole geschossen aus der Abwartehaltung, was Herrn Grotschy zu einer neuen Höchstleistung animiert.

„Bitt'schön, verehrter Herr Smaragd, das mit Ihrem Zweieinhalbzeiler ist Weingummi als Pausenfüller aus nichts als Ersatzstoffen.“

Herr Grotschy provoziert Herrn Smaragd mit ein paar weiteren interessanten Kleinigkeiten aus dem narrativen Anschauungsmaterial Wiener Zuckerbäckerei und assoziierten Produktionszweigen, und fordert damit beim Herrn Smaragd eine Schwindel erregende Steigerung dazu heraus.

Herrn Grotschy, der sich gerne stimmgewaltig redegewandt produziert, legt daraufhin den Rückwärtsgang ein und schweigt zu der Schlagfertigkeit des Herrn Smaragd in Hamburg.

„*Von Zeit zu Zeit kann es sein, verehrter Herr Smaragd*", umschmeichelt er in Gedanken seinen Gesprächspartner, „*dass ich mit einem Strandsegler unterwegs bin, um den staatlicherseits eingestellten Aktentransportdienst von Haustür zu Haustür zu bewerkstelligen, weswegen es Ihrem Verständnis anheim gestellt ist, warum ich mich soeben angesichts des Megapuzzles um das „gelbe Haus" am Harvestehuder Weg und die Warburgstraße echauffiert habe.*"

Herr Grotschy schweigt bedeutungsvoller denn zuvor. Die Handflächen nach außen gekehrt, betrachtet er rechts und links im Vergleich Kopflinie, Herzlinie und Lebenslinien. Danach kommt er zur Kernaussage seiner Gedanken:

„*Trotz aller Übereinstimmung in rhetorischen Fertigkeiten, muss ich, verehrter Herr Kollege Smaragd...*"

Herr Grotschy nickt mit dem Kopf dem verehrten Herrn Kollegen Smaragd zu.

„*... ein, zwei kleine Beanstandungen loswerden, die unser Verhältnis unter keinsten Umständen trüben dürfen.*

Erstens, Sie haben mir damals nichts davon ge-
sagt, dass Sie Smaragd heißen."

Herr Smaragd denkt gar nicht daran zu trüben.

„Ich heiße nicht nur Smaragd, ich bin ein Smaragd. Genau genommen Bertil Smaragd."

„Bitt'schön. Zweitens…"

Herrn Smaragds Augen sind Braungrün, könnten jedoch vermutlich bei besonderer Gelegenheit zur Farbbereinigung in die eine oder andere Intensität wechseln, was genau zu diesem Zeitpunkt eintritt, wie der Regenbogen bei Schauer beglei- tetem Sonnenschein.

„Zweitens — leider kann ich nicht umhin, es zu erwähnen, obgleich es auf den ersten Blick man- gels Masse nicht erwähnenswert scheint - ist kaum mehr als ein Wort zu der Frau Wykunda mit Tochter gefallen — oder sollte das Ihnen im Eifer der Wort- und Inhaltsverkürzungen ent- gangen sein?"

„Was sollte mir entgangen sein?"

„Dass ich Ihnen persönlich gar nicht zu nahe treten will, keinerlei Partikularinteressen verfolge, sondern versucht habe, aus Ihnen heraus zu kitzeln, ob in Hamburg Bilder oder andere Kunstgegenstände - sagen wir mal: im weitesten Sinne des Wortes - gegen Dienstleistungen in Zahlung genommen wurden oder werden und Ihnen auch nicht unterschlagen habe, dass mein…"

Herr Smaragd sieht aus, als wolle er auf der Stelle Herrn Grotschys Einlassungen per Strandsegler von Haus zu Haus befördern, sobald dieser ihm die Zündschlüssel und die Bordpapiere überlässt und ihn in den Wissensstand versetzt, ob es beim Harvestehuder Weg und der Warburgstraße als Zustelladresse bleibt oder unter Umständen noch benachbarte Laane und Furten mit einbezogen werden müssen, um einen allseits zufrieden stellenden Erfolg erzielen zu können. Er zieht die Augenbrauen angestrengt zusammen, was den Vorschriften für einen Strandseglerkurier entspricht, der zwar über einen Führer- aber keinen Segelschein für Fahrzeuge mit Außenbordmotor verfügt.

„Ich bitte vielmals um Entschuldigung, verehrter Herr Smaragd..."

Herr Grotschy entnimmt dem Pochet seiner feinen Tuchjacke den obligatorischen Fächer mit Straußenfedern und wedelt sich damit den Wiederbelebungsversuch des Gesprächs zu.

Herrn Smaragds Augen funkeln schwarz und glimmen grünlich.

„...ich komme auf die Frau Wykunda mit Anhang noch zurück. Sie haben doch Zeit?"

„Jede Menge. Wer Stammesbrüder sucht, hat als Lebensinhalt beinahe nichts anderes mehr als unterirdische Pfadfinderei."

Tatsächlich sieht Herrn Smaragds Kombination aus Wetter unabhängig strapazierter Jacke und ebensolcher Hose nach einigen Entbehrungen aus.

„Vintage", sagt Herr Grotschy.

„Unsinn, Grunge", korrigiert Herr Smaragd die Anspielung auf die Zeitlosigkeit seiner Kleidung.

„Darf ich Ihnen angelegentlich bei einer Auffrischung behilflich sein? Ich habe gute Beziehungen in den Handel. Da kann schon das eine oder andere Prozentchen Preisnachlass bei herauskommen."

„Danke! Ich bunkere immer für mehrere Jahre im Voraus."

„Das habe ich gelesen, was Sie gebunkert haben. Nicht schlecht, aber noch bei weitem nicht genug, was ich Ihnen aus Gründen der Fairness nicht vorenthalten möchte."

Die Grotschy-eigene Augenfarbe hat von Hellblau ins Graugrüne gewechselt. Es funkelt oder glimmt nirgendwo. Seine Augäpfel gleichen vielmehr weiß-blauen Murmeln mit geheimnisvollen Schattierungen, die bei Wettmurmlern gefragte Sammlerstücke sind.

„Ihre Recherchen habe ich in den Kontext mit meinen gebracht, der Sie vielleicht hier und da überraschen wird."

Pause.

„Sie sagen nichts dazu?"

Herr Grotschy betrachtet seine Uhr am rechten Handgelenk. Sie wird von einem noblen Lederarmband gehalten. Herr Smaragd betrachtet die seine aus nicht minder noblem Material.

„Wie ein verdammtes Muli habe ich malocht."

Pause.

Die festigergegelten Haare des Herrn Grotschy wippen, der Fächer mit Straußenfedern steckt erlahmt im Pochet.

„Wissen's was, verehrter Herr Kollege Smaragd? Das ist ungeheuerlich..."

Herr Grotschy aktiviert seinen Fächer, klappt ihn mehrmals energisch auf und zu, schlägt schließlich wie mit einem Zauberstab kurz auf die Tischkante und lässt nach der Vorführung das Utensil in der Fächerdestination verschwinden, von wo es mit allen zehn Federn keck über den Rand des Pochets schaut.

*„Was ich in Erfahrung bringen musste, über-
trifft alles aus meinem bisherigen Berufsleben!"*

Herr Grotschy nimmt seine Armbanduhr
vom rechten Gelenk und legt sie links vor
sich auf den Tisch.

„Hat das etwas zu bedeuten?"

„Was, bitt'schön?"

„Dass Sie Ihre Armbanduhr rechts abnehmen und links vor sich hinlegen?"

*„Ich will die Lebenslinien und Venushügel
schonen. Sehen's, Herr Kollege Smaragd, vielleicht ist es Ihnen nicht bewusst, obwohl es Ihnen
bewusst sein müsste, aber Sie sitzen in Ihrem ge-
schätzten Grunge auf Ihrem werten Namen und
die ganze Welt macht sich Gedanken, wo Sie
wohl in Ihrer Vorratsspeicherung damit abge-
blieben sind."*

Pause.

„Soll ich nun im Gegenzug meine Patek
abnehmen?"

Herr Grotschy antwortet darauf nicht.
Stattdessen feuert er eine unerwartete

Kanonade an Fragen zu dem erwähnten werten Namen ab:

„Übrigens - seit wann schreiben Sie ‚Smaragd‘ mit ‚C‘ wie Cäsar und nicht mehr mit ‚S‘ wie Siegfried?"

Pause

„Ihre Unterschrift im Schreiben der Agentur ‚GAVAST‘ transportiert für mich einiges an Zweifeln, die ich zu beheben wünsche."

Herr Smaragd lacht.

„Wollen wir uns zwecks und behufs dieser Behebung noch gütlich auf die Schreibweise von ‚Siegfried‘ einigen?"

„Sie machen sich lustig!"

„Ist das so schlimm?"

„Dann lese ich nun vor, was ich aus Ihrem Brief und den beigefügten Dokumenten gemacht habe. Ihre Patek dürfen Sie dabei ruhig umbehalten."

Pause.

„Ich muss noch etwas erklären, wenn's konveniert. Unter Berücksichtigung Ihres mir überlassenen Materials habe ich den Ablauf in Kapitel

unterteilt. Das ändert an den Resultaten zwar nicht viel, ist aber hier und da stellvertretend für weitere Erklärungen."

Herr Grotschy blättert vor.

„Die eingeschobenen persönlichen Reden sind zur Belebung der Dialogfelder da und geben nicht den genauen Wortlaut wieder, sondern aus Überlieferungen erdachte Gespräche, sofern es sich nicht um Schriftstücke handelt, die zitatfähig sind, was im Verlauf der sich zuspitzenden Dramatik nicht immer gegeben ist."

Herr Grotschy blättert zurück.

„Ich habe die entsprechenden Stellen mit einem ‚Hm Hm' gekennzeichnet, das ich nicht sprechen werde. Sind Sie damit einverstanden?"

„Ich wäre Ihnen dankbar, wenn Sie mir die Originalausdrücke der „Hm Hm" nachliefern könnten. ‚Verdammt' kenne ich übrigens schon. Das sparen wir mal aus. Dann können wir es beide häufiger ungeniert gebrauchen. Es ist eh landläufig. Ansonsten geben gerade und auch Schimpfwörter Aufschluss über den jeweiligen Grad der sich entwickelnden

Stimmung in Verbindung mit Ort und Zeit von deftigen Einlassungen und Auseinandersetzungen."

Pause.

„Ist Ihnen beispielsweise ‚Herrschaftszeit' bekannt? Hört sich gut an, hat aber Vernichtungscharakter. "

„Wir werden noch viel damit zu tun haben."

Dann beginnt Herr Grotschy.

Kapitel eins

„Frau Wanda Kyattyani, geborene von Kassenlos-Bord, wie sie nicht nur gerne, sondern auch pflichtgemäß angibt, wenn der Zensus vom Zensor eingefordert wird und Meldegänger ausschwärmen, um in allen Winkeln des Territoriums Nachhilfe zu erteilen, damit von Amts wegen turnusmäßig Statistiken erstellt werden können, ist mit allen auf gut Fuß und hat kein Problem damit, sich auch unaufgefordert lebend zu melden."

„Haben Sie relevante Aufstellungen gefunden?"

„Die Aufstellungen', wie Sie, verehrter Herr Kollege, die geistige und logistische Schwerstarbeit der Beamtenschaft zu nennen belieben, sind Gartenlaubenromane, die seit Kaiser Augustus Liebhaberstücke geworden sind. Aus hier und da verständlichen Gründen kann das von Volkszählungsunterlagen nach 1914 nicht behauptet werden."

„Ich fürchte, Sie irren, Herr Kollege Grotschy. Der tiefere Grund für die mangelnde Neigung, sich den behördlichen Listen zu nähern, liegt vermutlich darin, dass diejenigen, denen ein Einblick viel wert sein könnte, nicht mehr unter den Lebenden weilen und andererseits diejenigen, die ein mögliches Interesse daran für aus der Luft gegriffen halten, in Wahrheit verhindern wollen, Untote auffindbar zu machen."

„Womit wir bei der Wanda wären."

Herr Smaragd zeigt durch eine konziliante Handbewegung an, dass es im Text weiter gehen kann, was Herr Grotschy mit einer Berührung der Straußenfederspitzen seines Fächers quittiert.

„Die Wanda Kyattyani, geborene von Kassenlos-Bord, arrangiert sich und ihr Leben schon seit längerem hin und wieder von ihrem Herrn Gemahl getrennt. Sie macht in bester Bohème-Manier keinen Hehl daraus, zumal sie die Hobbies des Herrn Gemahl wie Kunst, Lukullerie zu jeder Tages- und Nachtzeit sowie Theater mit Schaf- und Schereinlagen auch in seiner Abwesenheit pflegt, ohne sich als Hobby-Lobbyistin fühlen zu müssen. Sie entschärft damit jeglichen Verdacht der Mehrfachgamie, so dass die Familie ihr nichts verübelt, was angenehm daher kommt, da ihre Familie seine Familie ist.

Die von Kassenlos-Bords und Kyattyanis sind über immer neue An- und Einheiraten weitläufig miteinander verwandt und verschwägert. Das hat sich bisher für alle Seiten als praktisch und hilfreich erwiesen, wenn es um die Außendiplomatie der Geschäftsbeziehungen geht. So soll es bleiben. Als nützlicher Bonvivant...“

„Also Playboy.“

„Das würde ich so nicht sagen. Der Bobo war ja gewissermaßen berufstätig.“

Herr Grotschy legt großen Wert auf feine Unterschiede und wiederholt sicherheitshalber den Satzanfang.

„Als nützlicher Bonvivant der Familie lebte der Bobo Kyattyani einen stattlichen Teil seines schon nicht mehr ganz jungen Lebens in der Pampa. Er war der Erstgeborene und nahm sich das Recht, alle Lebensstile durchzuprobieren, bevor er sie an seine Brüder und Schwestern weiterreichte, was zu nicht unbeträchtlichen Karrieren führte. Seine Meisterin – so meinten nicht wenige - war die Wanda, die Jung-Revoluzzerin der von Kassenlos-Bords. Was kommen musste, kam schneller als nicht wenige Werte an der interaktiven Beziehungsbörse anzeigten: er ehelichte sie, sie ehelichte ihn."

„Ich komme darauf noch in aller Ausführlichkeit zurück." Herr Grotschy beugt so einer voraussehbaren Intervention durch Herrn Smaragd vor.

„Die beiden hatten sich im Ausland, das im Mitternachtssonne trächtigen Norden liegt, vor einem der wenigen Gemälde eines Wasserschweins kennengelernt, übrigens eine Dauerleihgabe eines Magnaten der Wachshölzerindustrie.

Ein niederländischer Maler der als goldenes Zeitalter apostrophierten Schaffensphase europäischer Hochkultur hatte das Wasserschwein - wie Gott es in seiner Borstengala schuf – in Öl festgehalten.

Es steht zu vermuten, dass es die nicht zu übersehende philosophische Haltung gegenüber säkularen Eitelkeiten war, die das Wasserschwein malenswert machte."

„Damals wurden ja gerne griffige Beispiele aus der animalischen Natur gewählt, um dem homo sapiens einige Gesetze zu vermitteln, die zwar geschrieben stehen, aber nicht oder nachlässig gelesen und befolgt werden, weswegen Wasserschweine nur noch selten in europäischen Zoos anzutreffen sind."

„Was hat denn der BUND dazu gesagt?"

„Schmetterlinge dürfen weiter sich ungehinderter Vermehrung erfreuen und Kartoffelkäfer werden nicht mehr von Kindern in den Ferien abgesammelt werden müssen, weil es dafür elektronische Insektendetektoren und Erntemaschinen gibt", doziert Herr Grotschy und widmet sich dann wieder der fiktiven Konversation

zwischen dem Bobo und der Wanda, ohne abzuwarten, ob Herr Smaragd noch einen konstruktiven Vorschlag für eine Wasserschweinforschungs- und deckstation einbringen möchte.

„Sind Sie hier, um Studien an Wiederkäuern zu betreiben?", fragt der Bobo die Wanda, wie sie mit leicht zusammen gekniffenen Augen versucht, den Inhalt des Gemäldes zu erfassen.

„Mir ist das Oberlicht zu grell", antwortet die Wanda dem Bobo, der den Inhalt des Gemäldes kennt, da er sich nach Erstkontakt damit selber ein Wasserschwein zugelegt hatte, das auf Missfallen der Zwerghähne im familieneigenen Park stieß und deshalb nach dem Stubentor in Wien weiter gereicht wurde."

Herr Smaragd macht sich eine Notiz, die sich auf Wasserzeichen von Wasserschweinen bezieht, während Herr Grotschy den Faden des Gespräch der Eheanbahnung zwischen dem Bobo und der Wanda weiter spinnt.

„Warten's, Herr Kollege, das ist nicht alles. Das mit dem Wasserschwein und dem Stubentor war enorm arbeitsintensiv. Ich habe auf dem Millimeterpapier und dann vor Ort in alle Richtungen recherchiert, wer der Empfänger hätte sein können, und ob das Wasserschwein überhaupt angekommen ist. "

„Sie hatten Zweifel wegen des starken Oberlichtes?"

„Sehr wohl - eine kluge Entscheidung von der Wanda, sich dermatologisch unverträglicher UV Einstrahlung durch Bildung zu entziehen!"

„Haben Sie Beweise?"

Herr Grotschy klopft auf sein Briefcase.

„Sie irren sich nicht?"

„Das überlasse ich Ihrer Einschätzung. Ich möchte jetzt möglichst ohne Unterbrechungen zu Ende vortragen, damit Sie nicht den Schlusspunkt der Balzzeit verpassen."

„Bitte."

„Ich nehme an, Sie wohnen im ‚Principe'", fragt der Bobo in absichtsvoller Verkürzung der Wartezeit bis zu einem Feedback.

Die Wanda gibt sich dann auch gar nicht erst die Mühe, überrascht zu wirken. Sie kommentiert die Avance mit einem amüsierten Blick.

„Warum torpedieren Sie Ihren eigenen Wunsch und Willen durch Umwege über Wasserschweine – Herr Bobo Kyattyani, wenn ich nicht irre.‘‘

„Wissen's, die Wanda selber konnte ganz schön ranrauschen, wenn sie etwas im Schilde führte!‘‘

Herr Grotschy kann sich diesen begeisterten Zwischenruf nicht verkneifen, obwohl er damit eine gewisse Parteilichkeit preisgibt.

Herr Smaragd signalisiert Zustimmung und gibt sich ebenso parteilich wie Herr Grotschy, was Herrn Grotschy in die schwierige Lage bringt, dem Herrn Smaragd zur Abkühlung seinen Fächer leihen zu müssen, es aber zunächst einmal unterlässt, weil er jeglichen Verdacht einer unbotmäßig intimen Annäherung von Kollege zu Kollege meiden möchte.

„Sie hätten doch auch im Hotel auf mich warten können!", fordert die Wanda ihren ambitionierten Verwandten heraus. „Irgendwann komme ich schon von der Fütterung der Raubtiere zurück!"

„Da kenne ich mich besser aus! Ich zeige sie Ihnen aus nächster Nähe", kontert der Bobo.

„Heute noch in den Zoo?"

„Heute müssen Sie mit mir vorlieb nehmen. Morgen nehme ich Sie mit auf meine Farm in Afrikas Osten."

„Gehen wir?"

„Kennen Sie den kürzesten Weg?"

„Durch das Mittelalter."

„Wie darf ich Ihre Anspielung verstehen?"

„Ich hatte also Recht! Sie haben sich, ohne rechts und links zu schauen, an meine Fersen geheftet!"

Herr Grotschy kichert vergnügt. Herr Smaragd kichert nicht, obwohl er möchte, aber nicht den richtigen Ansatz dafür findet und lediglich heftig quiekt.

„Wie kommen Sie denn auf d e n Dampfer?", fragt der Bobo scheinheilig.

„Sonst hätten Sie unseren fränkischen Meister Eckart beachtet."

Der Bobo lacht.

„Beeilen Sie sich, bevor ich Sie auf den Armen heraustragen muss."

„Daraus wird nichts. Die Wanda durchschaut den Bobo. Sie steuert umgehend die französischen Impressionisten an. Er steuert mit. Sie bleibt vor dem „Ausritt" von Auguste Renoir stehen. Er steht ihr zur Seite."

„Sie reiten?"

„Mit Powidltascherl rechts und links!"

Bei „Powidltascherl" wird Herr Smaragd unruhig.

„Herr Kollege Grotschy…"

Herr Smaragd wird sehr lebendig, kaum, dass er die Anrede über die Lippen gebracht hat.

„...sind Sie sicher, dass die Wanda vom ‚Powidltascherl' schwadroniert hat?"

Herr Grotschy räkelt sich.

„Bitt'schön - wenn's darauf bestehen. Sehr wohl bin ich sicher. Das Mamachen von der Wanda hatte ihre ganze Verwandtschaft, die in erster Linie aus dem Osten kam, mobil gemacht, sie möchte sich nach einer fähigen Hausdame, einem Fräulein mit Anstand und Sitte, für das von Kassenlos-Bord Anwesen in Berlin umhören, was mit Akribie wörtlich genommen wurde. Aus Wien wurde Erfolg gemeldet. Er kam nicht gerade angeflogen, aber doch in vertretbar kurzer Zeit eingeschwebt.

Ein junges, anstelliges Ding, ein russlanddeutscher Revolutionsflüchtling von jenseits der Grenzen, das als Fräulein vom Amt gearbeitet hatte und nun mehr ans Tageslicht strebte, bewarb sich und bestand die Prüfung. Mit ihr saß die Wanda schon als Schulkind in der Küche zusammen und lernte böhmisch-mährische Spezialitäten auf Spezialitäten... "

„Verstehe - und das ehemalige Fräulein vom Amt verinnerlichte einiges an Berlinerisch – eben, was Kinder so untereinander zum Besten geben, wenn sie die Eltern außer Hörweite wähnen."

„Warum soll es anders gewesen sein?"

„Sehen Sie, Herr Kollege Grotschy, hätte ich nicht gefragt, wäre mir diese wertvolle Information vorenthalten worden und Ihnen im Gesamtkontext durch die Lappen gegangen."

„Das wäre beinah' ungeheuerlich!"

Herr Grotschy befragt seine Hände und faltet sie fromm zusammen.

„Sie erlauben's, dass ich hier eine Verschnaufpause einlege, sonst können selbst Sie mit Ihrem kumulierten Wissen gar nicht die Kühnheit der Antwort von der Wanda erfassen."

„Klingt nach Dragoner", wirft Herr Smaragd ein und räkelt sich wie Herr Grotschy bei der Erwähnung von den ‚Powidltascherln' der Wanda."

„Aber nein! Von Haus aus war die Wanda sowohl mütter- als auch väterlicherseits marinelastig, wie Sie bestimmt wissen. Damals gab's doch beinah nichts anderes als Pferd oder Panzerkreuzer für die Herren und Damensitz im Schnürkorsett für die Godivas!"

„Oder das Bobosche Schaf – was zusammen so ungefähr auf's Gleiche hinauskam."

„Das würde ich so nicht sagen wollen, wenn ich so frei sein darf.

Sie, verehrter Herr Kollege Smaragd, stecken in der Materie der Sagen umwobenen Heldenhaftigkeit wahrscheinlich mehr drin als ich, weswegen ich mich des Weiteren vorläufig jeglicher Zusatzstimme enthalten will, bis auch das letzte Schäfchen im Wolkenkuckucksheim gezählt worden ist."

Herr Grotschy blättert weiter.

Kapitel zwei

„Wanda Kyattyani, geborene von Kassenlos-Bord, steht mehr auf Beseitigung von negativen Energieströmen im Körper durch warme Aromaölgüsse auf die Stirn, Bobo Kyattyani auf Aromasaunen und Heiß-Kalt-Schwitzkuren.

Trotzdem oder gerade deswegen kommen sich die beiden mehr oder weniger Kunstbeflissenen im Rahmen der Möglichkeiten einer Nationalgalerie, die stets auf Diskretionszonen achtet, am Schluss des Rundgangs auf angenehm temperierte Tuchfühlung nahe, bis sie im Flüsterton und per Handzeichen beschließen, an einer Vollendung der Gemeinschaftlichkeit zu arbeiten. Jeder auf seine Weise. Sie mit Geld, Charme, Kunst und Kultur, er mit Geld, Kunst, Kultur und Kombinations Geschäften nach Reichsadlerart, mal gen Osten, mal gen Westen, was die Wanda zu nutzen versteht."

„Ich plane ein Hauskonzert."

Das war die Zukunftsmusik von der Wanda auf einer ihrer periodisch wiederkehrenden Höhenflüge.

„Den Wunsch nach einem Hauskonzert kann man ja allein – so einfach in den Raum gestellt - noch nicht als ‚Höhenflug‘ bezeichnen“, wendet Herr Smaragd ein.

„Sie sagen es. Es kommt auf den Raum an.“

„Sagten Sie ‚Hm, Hm‘?“

„Ich habe zwar ‚Raum‘ gesagt, aber was wäre an einem ‚Hm, Hm‘ falsch gewesen, wenn ich es statt ‚Raum‘ gemeint hätte?“

„Ein Raum an sich ist ein geometrischer Begriff...“

Herr Smaragd blickt starr vor sich hin, als ob er sämtliche Kegel und Kreise durchleuchten wolle.

„Damit hätten Sie der Wanda nicht kommen dürfen.“

Herr Grotschy nimmt seinen Fächer aus dem Pochet und öffnet ihn zu voller

Schönheit, legt ihn genauso vor sich hin und betrachtet ihn mit Wohlgefallen.

„,Sie blubbert mal wieder', hieß es früher bei der Wanda zu Hause und jeder nahm sich von den geschmackvollen Blubbern die besten zur passenden oder unpassenden Weiterverwertung.

,Wenn Sie nicht selber flöten', ist die schnodderige Antwort vom Bobo Kyattyani auf den Wunsch der Wanda nach einem Hauskonzert, um ihre musische Ader nicht ganz zu vernachlässigen. "

„Ich liebe den Ferenc", schnoddert sie mit voller Berechnung zurück.

„Den Ferenc? Seit wann denn das? Der Bursche ist doch noch in der Probezeit. "

„Den Liszt", korrigiert die Wanda.

„Auch das ist nicht von Pappe, wenn Sie in Betracht ziehen, dass die Wanda von Kassenlos-Bord mit einem Kyattyani aus dem Ungarisch-Moldawischen liiert ist, was diesbezüglich gar nicht genug Beachtung verdienen kann."

„*Ich habe es befürchtet*", gibt der Bobo denn auch denkbar knapp zurück.

„Die Kühle schreckt, aber reizt die Wanda zu verharren, wo sie sonst Reißaus genommen hätte. Aus einem ihr unerfindlichen Grund findet sie den Bobo Kyattyani faszinierend. Sie mustert ihn mit unverschämt offenem Blick, befindet seinen Stutzer als kratzbürstig und wendet sich voll gespieltem Grauen ab."

„*Ihr langhaariger Klimperschwarm ist schon vergeben, gleich vielfach*", macht der Bobo Kyattyani das Sympathiebekenntnis von der Wanda für den Liszt nieder. „*Wanda, meine Liebe, vergessen Sie den Liszt, den Tasten-Ferenc! Er braucht Sie nicht. Die notwendige PR Vollbesetzung wird durch sein Büro erledigt. Dagegen kommt selbst eine Wanda von Kassenlos-Bord nicht alleine an — es sei denn, sie wechselte den Namen!*"

„In welchen?"

„*Wenn Sie gestatten, Herr Kollege Smaragd, werde ich Ihre Frage durch den Dialog zwischen der Wanda und dem Bobo beantworten.*"

„Ich denke nicht daran, mir den Liszt nehmen zu lassen! Huldigungen werden erst in Gemeinschaft von Huldigern zur Labsal", protestiert die Wanda.

„Das ist nur die eine Seite der Medaille."

Der Bobo lächelt maliziös. Die gute Wanda mault.

„Wie wohl überlegt, dass Sie das ungarische „Ferenc" gewählt haben, Cousinchen", charmiert der Bobo die Wanda. *„Ich denke, wir passen ganz gut zusammen."*

„Statt nun klein beizudrehen, wird sie theoretisch.", erregt sich Herr Grotschy.

„Ist es nicht ganz natürlich, die original ungarische Version eines Namens für einen original ungarischen Komponisten zu gebrauchen?", fordert sie den Bobo heraus.

„Das muss sich situationsbedingt ergeben", weicht der aus.

Vortragspause.

„Passen Sie auf! Jetzt kommt eine richtig heiße Nummer!"

„Danach gehen die beiden zum „Du" über, was in Zeiten mondäner Langsamkeit den korrekten Rückschluss zuließ dass es zwischen den beiden heftig gefunkt hatte."

Herr Grotschy schaut Herrn Smaragd erwartungsvoll an.

„Sie haben Bedenken?"

„Allerdings!"

„Welcher Art?"

„Schwer zu sagen."

Tatsächlich hegt Herr Smaragd den finsteren Verdacht, die smarte Wanda hätte eventuell einen Wasserschweinkuhschaden davon getragen und der Bobo zu oft und zu viel heiß-kalt geschwitzt.

Kapitel drei

„Die Familien von Kassenlos-Bord und Kyattyani taten sich schwer mit der Verbindung zwischen der Wanda und dem Bobo. Der erfolgreiche Verlauf eines eingegangenen Bundes war nicht unproblematisch. Die privaten Familienstrukturen drifteten religiöserseits und auch sonst stark auseinander. Einige der von Kassenlos-Bords waren direkt vom Pentateuch mitsamt Hildesheimer Rosenstrauch und Thesen in die Reformation übergewechselt, einige der Kyattyanis ohne Umschweife vom Messdiener zum Kardinal, was zwar den einen und anderen Kniefall und Wallfahrten erforderte, aber sich als heilsam erwies."

Herr Smaragd lässt per Augenkontakt mehrere „Hm" vernehmen.

„*Hm*", stimmt Herr Grotschy genauso non-verbal prompt wie ein Kornett und licht wie eine Lasershow zu. „*Eine Schande*

war das. Die Hälfte der Fressalien haben's hin-
terher wegwerfen müssen, weil die von überall her
angereisten Anverwandten, wenn schon nicht das
eine, so doch das andere zu essen wünschten, was
beim Hochzeitsdinner nicht vorgesehen war.

Ist Ihnen die Bedeutung des Umstandes be-
kannt, dass die beiden nicht irgendwo in Wien,
sondern im altehrwürdigen Stephansdom gehei-
ratet haben?

Es war Anlass für Prof. Dr. Benjamin Hugo
von Kassenlos-Bord und seine Frau Gemahlin
Alexandra Sophia Fanny von Kassenlos-Bord,
geborene Smaragd, zu einem dreitägigen Fest zu
bitten, das an Umfang und Erlesenheit immer
noch seinesgleichen sucht — und dann die Bla-
mage mit den unberührten Speisen, wo doch jeder
gleich merken konnte, aus welcher Richtung der
Wind wehte!

Der Mokka mit Kardamom am Schluss der
Vorstellung kam bei allen gut an.

Aber jetzt passen Sie auf!"

„Eine Offensive?"

„*Wie Sie es nehmen. Es gibt nur ein einziges*
offizielles Hochzeitsfoto von dem Paar Wanda

von Kassenlos-Bord / Bobo Kyattyani, wo nichts zu erkennen ist außer einer Hochzeitsinszenierung aus Uniform und Gewand. Der Herr Gemahl streng, die Frau Gemahlin melancholisch wie ihr Brautstrauß aus Mimosen. Ob jemand Schleier getragen hat, ob Blumen gestreut worden sind – kein Beweis, aber eine Ahnung. Es gibt viele Indizien, dass es sich nicht um ein normales Hochzeitsfoto irgendeiner Familie handelt."

„Was heißt das?"

„Dass der Bobo wohl für längere Zeit in außendienstlicher Mission in Wien gewesen ist. Der Aufmachung auf dem Foto nach zu urteilen, war tout le monde zu Gast. Ich habe eine diesbezügliche Bestätigung meiner Annahme in den Auftragsbüchern der am Hof akkreditierten Maßschneidereien gefunden, wo Aufträge für Gesellschafts- und Abendkleidung erteilt worden waren, deren Fertigstellung ohne Ausnahme kurz vor dem Trauungstermin im Stephansdom lagen. Die Namen der Auftraggeber lassen auf einen engen Kontakt zur K.- u.- K.-Diplomatie, ausländischen Botschaften und Firmen schließen."

„Gut vernetzt war der Kyattyani ja."

„Und die von Kassenlos-Bords ebenfalls. Außer-
dem muss in Betracht gezogen werden, dass der
Bobo mit großer Wahrscheinlichkeit für längere
Zeit in einem bestimmten ,Grand Hotel' logiert
hat, das als internationaler Treffpunkt für Dip-
lomaten und Geschäftsleute bekannt war.

Die behördlichen Pflichtanmeldungen stehen
nach wie vor weder im zuständigen Amt des Ma-
gistrats der Stadt noch im ,Grand' für Recher-
chen zur Verfügung."

Herr Smaragd zuckt mit den Schultern.

„Den Magistrat gibt es noch und das
,Grand' ebenso. Deswegen die Zuge-
knöpftheit. Abgehakt.

Was dann?"

„Das Übliche."

„Wurde gestritten?"

„Nicht sofort. Erst nach dem üblichen ,Wie
schön, Dich nach so langer Zeit einmal wieder-
zusehen' oder ,Von Dir hat man ja gar nichts
mehr gehört'.

Dann ging es um des Bobos Rock. Er wäre nicht ordentlich gebürstet, wer denn die Verantwortung dafür hätte?"

„Wer trug denn die schwere Bürde der Verantwortung für den sauberen Rock?"

„Herr Kollege Smaragd, Sie werden es kaum für möglich halten."

Herr Grotschy holt tief Luft.

„Es war die Fusselmaid, wobei nicht überliefert ist, ob es die runde mit Klebestreifen oder die gerade mit Samtbezug war. Wie ein Stallhase sähe der Bobo aus, wurde lauthals geflüstert, was auf dem Foto nicht zu erkennen ist — es sei denn, der obligatorische Kopfputz mit üppiger Garnierung aus überlangen Hahnenschwanzfedern zur schmucken Galauniform ist als solches verulkt worden. Die Wanda steht links vom Bobo und trägt den Brautstrauß in der Rechten."

„War das burlesker Gesellschaftsklamauk oder schwarzes Theater?"

Herr Smaragd ist empört. Herr Grotschy ist die Ruhe selber.

„Das würde ich nicht so sehen wollen. Es könnte sein, dass es sich aus diplomatischen und geschäftlichen Gründen um eine morganatische Ehe gehandelt hat, die der Kaiser selber absegnen musste, bevor sie wirksam werden konnte. Wie weit das habsburgische Hausrecht auch bei den von Kassenlos-Bords mit hineinspielen konnte, habe ich nicht weiter eruiert. Das müssen irgendwann Juristen heraus pfriemeln. Dabei können sie sich auch gleich der dankbaren Aufgabe annehmen, die Rätsel um das Hochzeitsbild gründlich zu lüften."

„Der Bobo und die Wanda gehen kurz vor Mitternacht auf Hochzeitsreise nach Venedig. Nur die Spitze, mit der ihr Brautstrauß gebunden war, nimmt die Wanda als Andenken mit.

Die beiden flittern sich in einem Daimler durch Oberitalien. Überseekoffer und kleinere Gepäckstücke sind bereits von der besorgten Familie voraus geschickt worden. Es bleibt genug Platz im Auto für eine kleine Marmorsäule, auf die eine Büste vom Großpapachen des Papachens der Wanda platziert werden soll und Stapel reich bestickter Bettwäsche mit Bändern und Bordüren für die zukünftigen Ehebetten.

Die Wanda hält die Einkäufe für unerlässlich, will sie sich auf der Afrikafarm vom Bobo zuhause fühlen, worauf er Wert legt. Schließlich haben sie deswegen geheiratet. Nicht ausschließlich deswegen, aber unter anderem. Eines der Probleme von Anfang an: sein und ihr Verständnis von Wohlgefühl ist nicht immer von inniger Übereinstimmung geprägt."

Herr Smaragd schaut finster. Herr Grotschy kann es ihm nicht verdenken.

„Das junge Paar erreicht Triest mit einer schönen Fassade angestrengter Harmonie, die als registriertes Luxusgut beinahe genauso zollpflichtig ist, wie die von der Wanda in Italien erstandene Bettwäsche, mit der sie sich wegen ihrer Lust am Herunterhandeln von Gebühren bei den Zollbeamten unbeliebt macht, weswegen sich die Kyattyanis etwas mehr als verdrossen an Bord der „Nadina" begeben.

In der Folgezeit genießen sie dann gemeinschaftlich den Anblick der Adria an Deck des Frachters, schlemmern sich zusammen durch die Stunden auf See, versuchen ihr Glück mit Bordspielen und sehen nach etlichen Tagen, mal back-, mal steuerbords, die ägyptischen Häfen Alexandria und Port Said.

Die Wanda ist von der Abwechslung an Bord begeistert und zeichnet Skizzen von Hafenszenen, mitreisenden Passagieren und Impressionen entlang der ostafrikanischen Küste. Nachts schreibt sie sich auf Karten und in Briefen das Herz und die Finger wund."

„Können Sie das belegen?"

„Sehr wohl, verehrter Herr Kollege Smaragd.

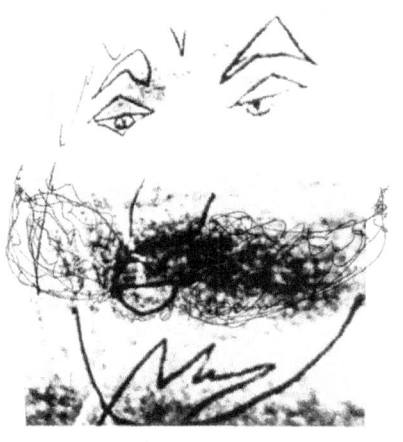

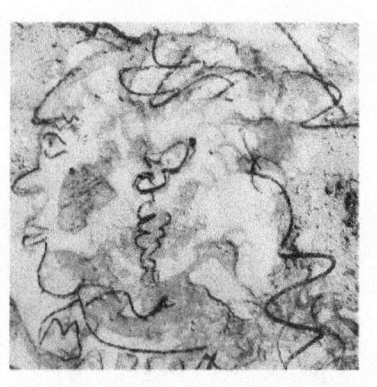

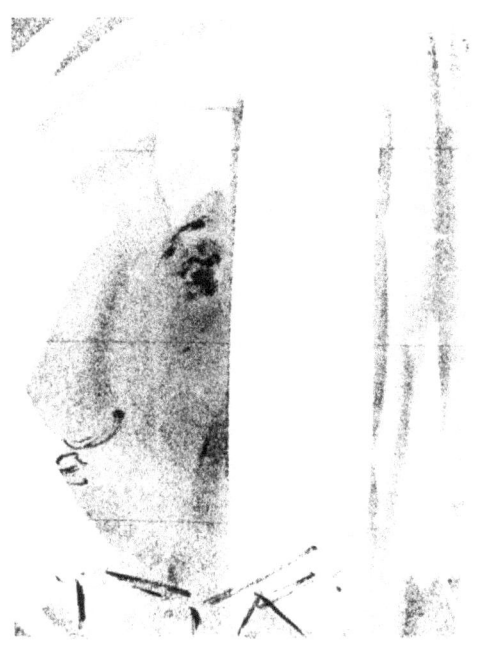

Wasserbauingenieur in Mombasa

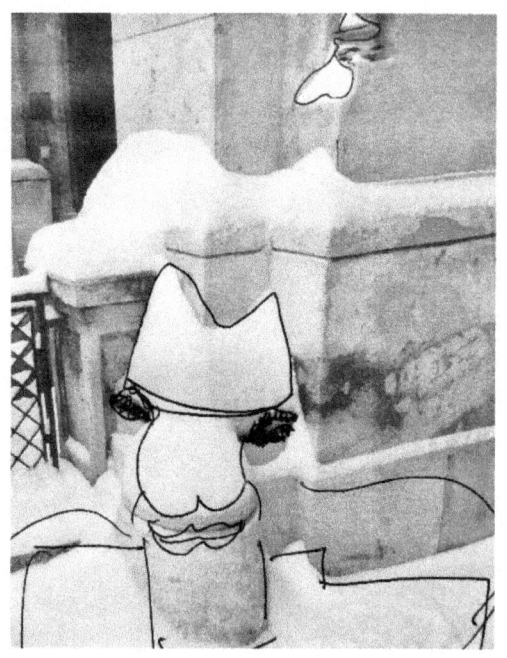

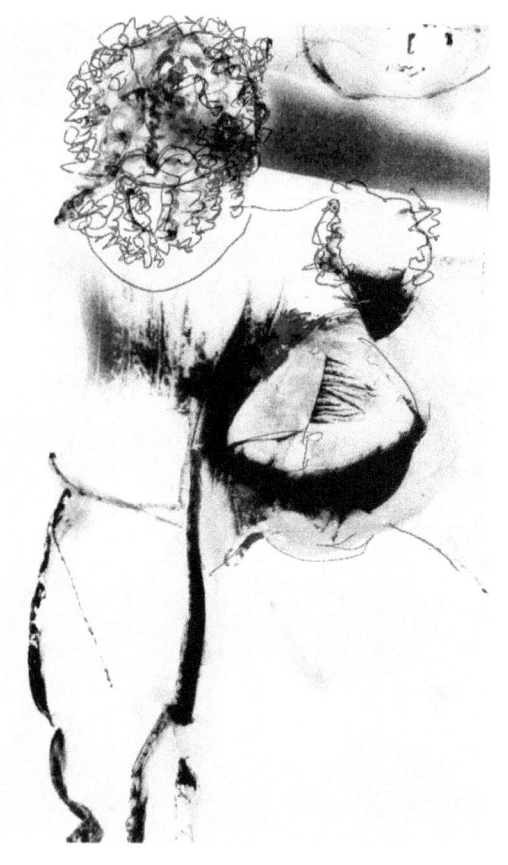

Kapitel vier

„Interessant", kommentiert Herr Smaragd die Bildmaterialsammlung.

Herr Grotschy nickt huldvoll.

„Der ‚Wasserbauingenieur' scheint ja schon ein wechselvolles Leben hinter sich zu haben. Sie wollen mir nicht verraten, wie es zu dem Aufbaustudium des orientalischen Potentaten zum Wasserbauingenieur kam?"

„Ich weiß es nicht", antwortet Herr Grotschy objektiv wahrheitsgemäß. *„Ich kann nur Mutmaßungen darüber anstellen. "*

„Damit weichen Sie ja nicht unanständig von Ihrem bisherigen Bericht ab. Wenn ich also bitten darf…"

„Ich habe das Blatt mit der handschriftlichen Bezeichnung „ ‚Orientalischer Potentat bei Betrachtung der Schatulle'… "

„Ich weiß, was Sie meinen."

„Die Wanda hat es wohl selber geschrieben. Vermutlich hat sie die Zeichnung an Bord in die Post gegeben und ihrer besten Freundin in Berlin geschickt, weil der Bobo geargwöhnt hatte, sie wäre der Unergründlichkeit des Omar Sharif Typen verfallen, der nach meinen Recherchen der Eigner der „Nadina" war und auf demselben Deck logierte wie das Ehepaar Kyattyani."

„Klingt plausibel."

„Sie sagen es, Herr Kollege."

Pause.

„Es war wohl eine Notlösung, die Zeichnung für sich selber zu retten."

„Eine Hypothese", stellt Herr Smaragd nüchtern fest.

„Sie sagen es. Soviel ich hin- und her überlege — es wird kein g'scheites Paar Schuhe draus. Ich weiß nicht einmal, ob die Zeichnung per Post aufgegeben wurde und nicht ankam oder in falsche Hände geriet."

„Vielleicht wieder nach dem Stubentor!"

„Wer weiß! Ob die beste Freundin über die Zeichnung selber Kontakt zu dem orientalischen

Potentaten aufnahm und ihm dann die künstle-
rische Darstellung als die ihrige verehrte — noch
einmal: wer weiß.

Ob der Potentat wirklich Wasserbauingenieur
war oder den Ehrentitel eines solchen führte —
auch hier: wer weiß.

Ich habe das Blatt übrigens in einer Reisebe-
schreibung über das alte Arabien gefunden, das
ich Ihnen selbstverständlich gerne zur Verfügung
stelle, falls Sie die Hochzeitsreise von der Wanda
und dem Bobo noch einmal in veritas nachvoll-
ziehen möchten. "

„Das Vertrauen in meine bescheidenen
Möglichkeiten ehrt mich."

Herr Smaragd lächelt ironisch und setzt
sich kerzengerade.

„Was haben die beiden Schönen denn
sonst noch so getrieben? Irgendwann
war ja wohl Ende der Fahnenstange mit
der lustigen Seefahrt."

„Sehr treffend! Mit der lustigen Seefahrt war als-
bald Schluss, als die Spitze von Südafrika see-
fahrtstechnisch umrundet war. Ich referiere. "

„Am Kap der guten Hoffnung gehen die Kyattyanis an Land, wo sie zur Einstimmung auf ihre gemeinsame Zukunft in Rhodesien weiter flittern.

Der Bobo ordert Wein, Schafe und Rinder für die Farm, was die Wanda für einen großen Spaß hält und mit Eifer dabei ist, das Hornvieh einer Prüfung zu unterziehen, als handele es sich um Stars auf dem Laufsteg, den auch die Schafe in gecurltem Breitschwanz herauf und herunter müssen, wofür sie ein putzig ausstaffiertes Wägelchen hinter sich her ziehen.

Die Wanda fängt an, ein gut Teil Eindrücke malerisch festzuhalten und sogar in abstrakte Formen zu bringen."

„Schafe mit Ellipsenwolle und rundem Zylinder?"

„Ich möchte das anders ausdrücken..."

„Abstrakt?"

„Bitt'schön."

„Mein Brief wimmelt von Anhaltspunkten zur Wanda und ihren heimlichen Wünschen. Was mir fehlt, sind die Zuchtbücher, die für weitere Rückschlüsse notwendig sind, zu denen Sie offenbar Zugang haben."

„Sie sagen es."

„Mit anderen Worten, Sie haben Bilder aus der Kap Schaffensphase von der Wanda?"

„Ich würde das nicht unbedingt von der Hand weisen wollen."

Herr Grotschy durchblättert die Ecken des Stapels Papier vor sich wie ein Bündel – ein sehr großes Bündel – sehr großer Geldscheine, die allesamt echt aussehen. Er gibt dabei konzentriert Acht, dass sie schlimmstenfalls gebogen - nie und nimmer geknickt! - werden. Ungefähr nach einem guten Drittel hält er inne und legt seinen rechten Zeigefinger als Merkposten zwischen die Stapel.

„Ich sehe gerade, dass zwei Exponate für Sie von Interesse sein könnten. Sie sind auf der Rückseite über dem handschriftlichen Signaturkürzel offenbar nachdatiert worden, aber stammen nach sachkundigen Expertisen von der Wanda."

„Ist das die ganze Beute?"

„Das ist die ganze ‚Beute', wie Sie es zu nennen belieben, der ich habhaft werden konnte, nachdem ich im Norden und Osten Europas recherchiert habe. Den Sujets nach zu urteilen, stammen die Bilder aus den frühen Afrikajahren, wahrscheinlich aus den ersten Wochen am Kap der guten Hoffnung."

„Um wieviel sind die Bilder denn nachdatiert?"

„Einige Jahre nach dem angenommenen Entstehungszeitraum."

„Um 1910?"

„Ich möchte mich da nicht festlegen. Vielleicht können Sie aus den Darstellungen mehr herauslesen als alle anderen Fachleute."

Herr Grotschy zeigt Nerven, zieht die Kunstwerke jedoch nicht zurück, sondern legt sie mit äußerster Umsicht der Reihe nach zur Begutachtung durch Herrn Smaragd vor sich auf den Tisch, wobei er sich zuvor Handschuhe anzieht, um keine Schäden durch unsachgemäße Behandlung zu verursachen.

„Das erste Bild hat keinen Titel, der auf die Gemütsverfassung der Wanda schließen lassen könnte?"

„Nicht, dass ich wüsste. Ich habe allerdings bei Lichteinfall Zahlen auf der Rückseite gefunden, die vermutlich mit voller Absicht mit Hilfe eines extra harten Stiftes in die Rückseite des Bildes oder einen ursprünglich stärkeren Farbauftrag auf der Vorderseite eingeritzt worden sind. Die archaisch anmutenden Gravuren deuten nach Erkenntnissen von Ozeanologen Meerestiefen im Bereich der ostafrikanischen Küste an. "

„Sind angelegentlich Gesteinsproben gemacht worden? ‚Der Potentat' könnte gewisse Rückschlüsse zulassen."

„Von Tiefseesmaragden?

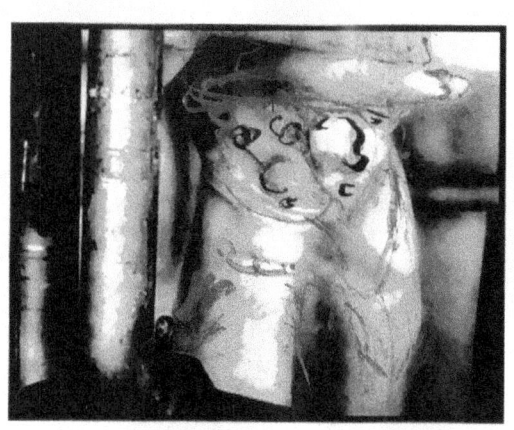

IM BASAR

„ ‚Im Basar' scheint ein Selbstportrait der Wanda mit ihrem Papachen zu sein", lässt sich Herr Smaragd nach geraumer Zeit verlautbaren, ohne weiter auf die Meerestiefen einzugehen.

„Sehen's, das habe ich zunächst auch gedacht. Die Wanda muss da unten in Afrika furchtbares Heimweh gehabt haben."

„Und was haben Sie dann gedacht?"

„Dann habe ich gedacht, dass es eine nächtliche Szene in einer Altstadt sein kann, durch die sie vielleicht irgendwann einmal gebummelt ist…"

„…und somit nicht unbedingt in den Afrika Zyklus gehört?"

„Sie sagen es. Wegen der Quelle darf ich Sie später kontaktieren."

„Verstehe."

Herr Grotschy nimmt den Faden der erzählten Dokumentation wieder auf.

Kapitel fünf

„Nach einigen Wochen am Kap, während der die Wanda und der Bobo die Ankunft der Fracht aus Europa erwarten und beaufsichtigen, bringt sie die Eisenbahn nach Rhodesien. Dort gehen dann für das Paar die kommenden Jahre der Feudalismusdämmerung bei Jagd und Gesellschaften angenehm vom Epizentrum des unmittelbaren Geschehens entfernt ins Land.

Die Wanda erlaubt sich den schmerzlichen Irrtum, allein ihre soziale Denkart würde den bereits an den Rändern der Volksstämme bröckelnden Weltfrieden retten. Dazu kaiserliche Diät. „The most famous Tafelspitz" - sogar hypersoft – kommt von den eigenen Longhorns, Erdäpfel und Rettich herbei zu schaffen, ist schwieriger. Die Anzucht in Bottichen dauert mehr als zwei Ernten. Die erste namhafte Erdapfelernte wird wie zur Wintersonnenwende gefeiert, die des

Rettichs in gebührendem Abstand zum Geburtstag der Wanda im darauf folgenden Herbst."

„Möchtest Du eine Geschenkbox oder einen elektrischen Ladebon?"

„Wofür?"

Die Wanda horcht interessiert auf.

„Eine Novität der ökonomischen Basisarbeit des avantgardistischen Kreativitäts Labors ihres Herrn Gemahls?

„Wir haben bald Hochzeitstag. "

„Ist das wirklich schon so weit?"

„Du könntest Dich ruhig etwas freuen, dass ich so rechtzeitig daran denke!"

„Dann kann ich wohl davon ausgehen, dass Du einen Großauftrag für Energiesysteme an Land gezogen hast! Ich habe neulich im ‚Het Burengraaf' gelesen, dass es beheizte Bananendampfer für kalte Transferzonen geben soll."

„Du bist unromantisch, Wanda!"

„Wanda!"

„Die Wanda war echt empört." Herr Grot-schy setzt eine angriffslustige Miene auf.

„Bobo! Du hast mich Wanda ge-schimpft!"

„Nur zu Ihrem besseren Verständnis Herr Kol-lege, der Bobo nennt die Wanda nach der ersten unkonventionellen Hochzeitsnacht unter dem Stern von Afrika und dichtem Moskitonetz als Himmel mit geballter amour ‚Queuchen'."

„Ich brauche ein Trostpflaster", sagt sie daraufhin offen heraus.

„Genehmigt."

„Für wieviel?"

„Lass Dir einen African Chai bringen."

„Danke, das kenne ich. Danach heißt es „nächster Gang" und schon habe ich die Partie an Dich verloren."

„Du bist gereizt."

„Ich denke, Du kannst mit sportlichen Großkatzen umgehen!"

„Nur, wenn sie satt sind. Habe ich das vor dem Traualtar vergessen zu sagen?"

Herr Grotschy hält inne und betrachtet seine Handrücken. Herr Smaragd betrachtet die seinen. Herr Grotschy dreht die seinen nach außen. Er betrachtet erneut Kopflinie, Herzlinie und Lebenslinien. Alle scheinen trotz der Stresssituation, die sich nicht von der Hand weisen lässt, seit gut einer dreiviertel Stunde unverändert.

Oder doch nicht?

Er nimmt nach einem retardierenden Moment voller Spannung die oberste Seite des Papierstapels ab, als ob er ein As oder einen Joker aufdeckt.

Herr Smaragd verschränkt die Arme.

„Die Wanda - damals noch ledig - hatte Hummeln im Hintern. Sie musste ständig auf Achse sein. Anscheinend völlig planlos ging es mal hierhin, mal dorthin: nach Prag der Antiquariate und der Erinnerung an die böhmischen Mehlspeisen wegen, die sie schon als Kind schmecken gelernt hatte.

Nach Karlsbad ging es der Oblaten wegen, nach Baden-Baden aus Schwärmerei für Russen, nach München und Dresden auf Besuch bei netter Verwandtschaft, in Köln versuchte sie, den Dom ohne Schatten zu erleben, was sie einige Tage in der Stadt hält, ohne dass sie Erfolg gehabt hätte und sich schließlich mit einem Schmuckstück aus Korallenschaum und Ebenholz tröstete.

Cochem stand auf ihrer Liste interessanter Orte, weil sie in Hamburg ein Bild von Turner gesehen hatte, Straßburg, weil viel darüber geredet wurde, ohne dass sie genau verstand, warum - außer, dass es im Elsass liegt und das Elsass wichtig ist.

Kopenhagen hatte die besten aller Repräsentanten: entfernt verwandte und doch vertraute Familienangehörige dänischer Nationalität und Lebensweise, die ihr Merkmale des Landes zeigten, Stockholm wegen Königin Christine, Danzig wegen des Goldwassers, für das Papachen ein Faible hatte, Jerusalem, weil

Papachen wegen seiner jüdischen Wurzeln schon immer mal dorthin wollte, aber stets irgendwie verhindert war. Verwandte hatte sie dort nicht mehr und auch noch nicht wieder. Über das Wiehengebirge und den Teutoburger Wald nach Bielefeld fuhr sie der unverfälschten Natur wegen.

Sie tankte sich für die unabsehbare Zukunft voll mit Eindrücken aus der Vergangenheit, vergaß über ihre Kontaktfreudigkeit gelegentlich die Gegenwart und schaffte sich ein internationales Netzwerk von Kunst und Politik interessierten Bekanntschaften.

In London und Edinburgh, wo sie englischen Verwandte besuchte – übrigens allesamt Marineärzte mit Einsatzkommandos in den Gewässern des britischen Kolonialreiches, die mit Geschäftsfrauen aus dem von Kassenlos-Bord Klan verheiratet waren - kam sie das erste Mal mit Cricket und Crocket in Berührung, ließ sich zwar zur Matchreife trainieren, zeigte jedoch später kaum noch Interesse an tüfteligen Rasenspielen mit hinderlichen Törchen."

„Die Wanda ist nämlich durch und durch Avantgarde begeistert."

„Mit einigem Wohlwollen kann ich Ihnen folgen. Hat sie selber Werke der Künstler besessen?"

„Gesammelt hat sie wie eine Süchtige! Die logische Folge: eine eigene Galerie musste her. Papachen willigte ein und leitete alles administrativ Notwendige in die Wege, damit sie nunmehr zusammen mit Mamachen noch mehr kaufen, ausstellen und verkaufen konnte als bisher."

„Wie hat sich das in Reichsmark und Reichspfennig niedergeschlagen?"

„Darf ich fragen, ob Sie etwa nebenberuflich Galerist sind?"

Herrn Grotschys Augen mit den kostbaren blau-weißen Murmelaugäpfeln sind jetzt halb geschlossen, was einen lauernden Gesamteindruck des kantigen Gentleman ergibt.

Herr Smaragd lümmelt sich auf seinem Stuhl und starrt Herrn Grotschy herausfordernd an. Er hat das Gebaren eines Chefredakteurs der „Chicago Tribune" aus den zwanziger Jahren und pflegt das Image eines „Alsob".

Sein weißes Hemd fällt unordentlich lose – mal mehr hinten, seitlich oder auch mal vorne - über den Hosenbund, der von einem stramm gezogenen, schmalen Gürtel gehalten wird, dessen Alter an den vielen Schründen auf dem Leder sichtbar wird. Über dem Gürtel kräuselt sich der graumelierte Stoff des Hosenbundes, so dass Herr Grotschy annimmt, „Chicago Tribune" - Smaragd habe seit Erwerb des Gürtels einige wertvolle Kilo Speck abgenommen.

„Haben Sie Sorgen?", fragt er mitfühlend.

„Unser täglich Brot."

„Wie unangenehm! Ich hoffe, dass wir zusammen noch mehr aus den Fangarmen der Geschichtskraken befreien."

Herr Smaragd ist eben nicht von der „Chicago Tribune", sondern geschäftsführender Mitinhaber der angesehenen Agentur „GAVAST" in Hamburg, die sich auf den Verbleib von Kulturgütern spezialisiert hat. Er schnippst nicht mit den Hosenträgern, sondern gibt mit geschlossenen Lippen einen undefinierbaren Laut von sich, der an das Lösen eines angesaugten Gummistöpsels in einem Waschbecken erinnert.

Herr Grotschy wiederum entstöpselt seinen Wissensdurst mit hemmungslos klar formulierter Neugierde, die an Donauhochwasser zu Frühlingsanfang erinnert.

„Seit wann gibt es die Farbe ‚Smaragd' als synthetische Komposition?"

„Davon weiß ich nichts. Hat ihre Anspielung auf Kraken eine tiefere Bedeutung?"

„Wie kommen Sie darauf."

„Krakenblut ist grün."

„Das wusste ich nicht."

Herr Smaragd legt die Ohren an, zischelt ein leises, dentales „Ts Ts Ts" und streckt die Beine von sich.

„Es ist aber nicht uninteressant. Hat jemand in Ihrer Familie mit Tentakeln oder Saugnäpfen gehandelt?"

„Nein, aber unter anderem mit Großküchenporzellan."

Pause der Überlegenheit.

„Mit Saugnäpfen, wie sie die Beschaffenheit von Material unter Eintritt von Vakuum bezeichnen, sind wir nicht recht weitergekommen. Wir hatten an Befestigungen gedacht, die Oberflächen unbeschädigt lassen."

„Wissen's Herr Smaragd, das ist mir jetzt zu umfänglich. Ich sehe Umdisponierungen auf mich zukommen. Wir sprechen danach. Ich habe mir erlaubt, hier..."

Herr Grotschy streicht mit der flachen Hand über die vor ihm liegenden Papiere.

„...ein paar gute Tintenstrahlerdrucke aus der ehemals großen von Kassenlos-Bord Sammlung

zu präsentieren, deren Verbleib ich ausfindig machen konnte und die unzweideutig zugeordnet worden sind. "

„Meine Urgroßtante, die das Mamachen von der Wanda war, hatte im Sinne, mit einer Portraitgalerie die Verifizierung der Gesellschaft und ihrer Köpfe im Spiegel der Kunst vorzunehmen.

„Dann darf ich wohl die meisten der Bilder bei Ihnen vermuten. "

„Voll daneben! Die Reste des Hab und Guts sind in alle Winde zerstreut. Bei mir ist gerade noch ein einziger Splitter angekommen, der als Reliquie gerechnet werden kann."

„Die von mir ausgegrabenen Schätze hätten dementsprechend die Wirkung einer rechtzeitigen Nachimpfung. "

„Bekanntlich wird die Wirksamkeit der Erstimpfung dadurch nicht erhöht, aber vertieft verlängert."

„An Impfauffrischungen wird es nicht mangeln müssen. "

Herr Grotschy lehnt sich zurück, denkt nach und lehnt sich wieder vor, als beabsichtige er, Herrn Smaragd das Gelbe vom großen Kassenlos-Kyattyani Ei direkt aus den Tiefen seines Pochets, hinter dem Fächer mit den Straußenfedern, hervor zu zaubern.

Herr Smaragd blinzelt.

„Die Wanda bekam vom Papachen einen guten Fotoapparat geschenkt und ging damit immer häufiger auf Pirsch, besonders bei den eigenen opulent ausgestatteten Vernissagen.

Prof. Dr. med. Benjamin Hugo von Kassenlos-Bord stand voll und ganz hinter den Aktivitäten seiner Frau und Tochter, obwohl die Wanda im Schweiße ihres Angesichts rackerte wie keine Zweite, was Mamachen und das Fräulein mit Anstand und Sitte auf den Plan rief. Sie liebten es nicht, wenn eine angehende Dame ins Schwitzen geriet.

Vergebens!

Die Ausgelassenheit der Vernissagen schlug immer höhere Wellen, so dass die Fotos von der Wanda und die Gemälde weggingen wie geschnitten Brot, womit dann auch Frau von Kassenlos-Bord, geborene Smaragd, hoch zufrieden war."

„Ich danke für den Vorgriff auf meine Hinweise", ätzt Herr Grotschy und atmet tief.

Herr Smaragd atmet schnell, als ob er mit seinen Kommentaren nicht fertig würde, bevor ihn irgendetwas oder irgendjemand daran hindern könnte, sie auszusprechen, lehnt sich zurück, schlägt die Beine übereinander, verschränkt die Arme und signalisiert höchste Konzentration, was Herrn Grotschy unter diesen besonderen Umständen unangenehm ist.

„Die Werke sind auf der Rückseite einigermaßen leserlich betitelt und signiert. Ich werd' mich jetzt hier zu Ihnen setzen und gar nichts mehr sagen."

„Alle?"

„Alle - ohne Unterschied."

Herr Grotschy macht Anstalten, seinen Stuhl zu nehmen und ihn neben Herrn Smaragd zu stellen.

„‚Ohne Unterschied‘ klingt nicht gerade profund, da brauche ich schon Ihre Unterstützung, um mich zurecht zu finden.“

Herr Grotschy lässt den Stuhl da, wo er stand, nimmt die zu einem handlichen Päckchen zusammen gefassten Seiten mit den Kopien der Bilder heraus und legt sie, so wie sie sind, zusammengeklammert und von Herrn Grotschy handschriftlich mit Registriernummer versehen, wortlos auf den Tisch.

Dann, nach einer trotzigen Pause:

„Wissen Sie, verehrter Herr Kollege Smaragd — die Vorderseiten sind bei diesen Abbildungen allemal ansehnlicher als die Rückseiten, die man manchmal am liebsten von hinten sehen möchte. Liebe, Lust und Leid - vom braven Mädel Schwejk bis zum Erzganoven, alles dabei, alles eine ganze, große Familie, alles Kunst, versteht sich — verstehen Sie?“

Herr Smaragd blättert die bebilderten Seiten durch, dreht sie um und legt sie stumm zur Seite.

„Die Machart ist beeindruckend. Ist da die Wanda selber tätig geworden?"

„Es war ihre Art, sich zu verbalisieren."

„Aber lieber Herr Kollege Grotschy…

Herr Grotschy guckt etwas verdutzt und lächelt, erst in sich hinein, dann Herrn Smaragd an.

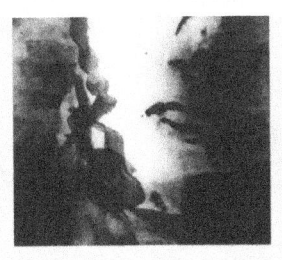

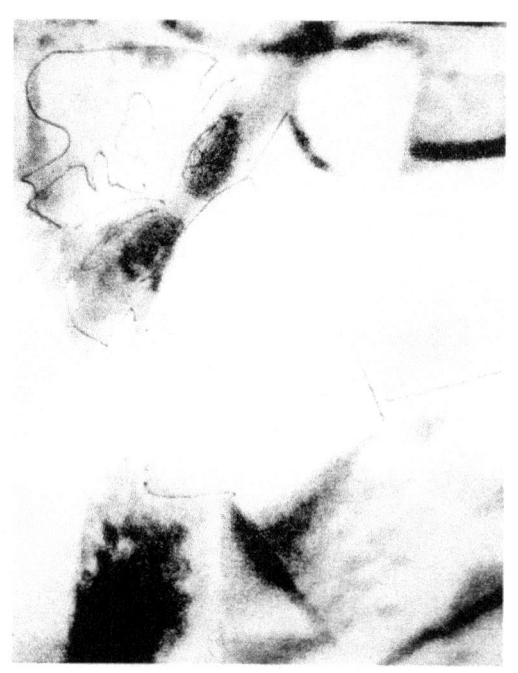

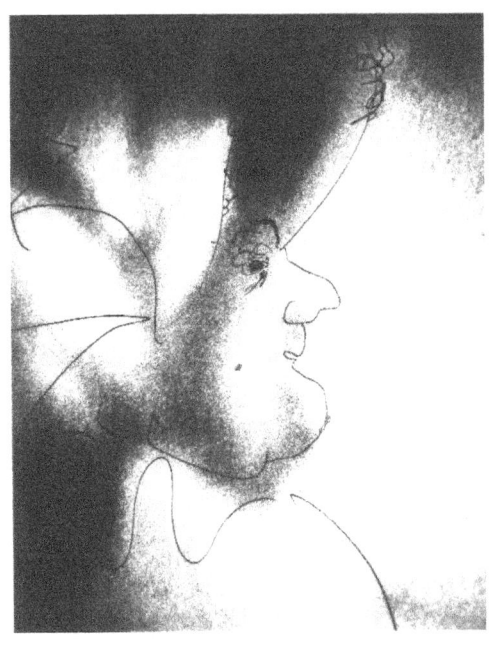

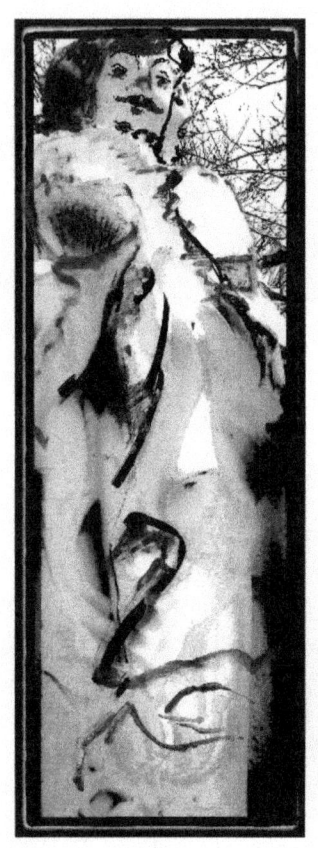

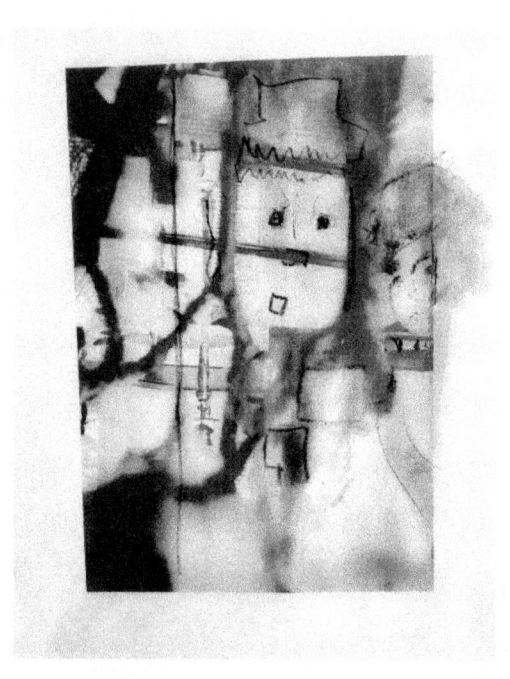

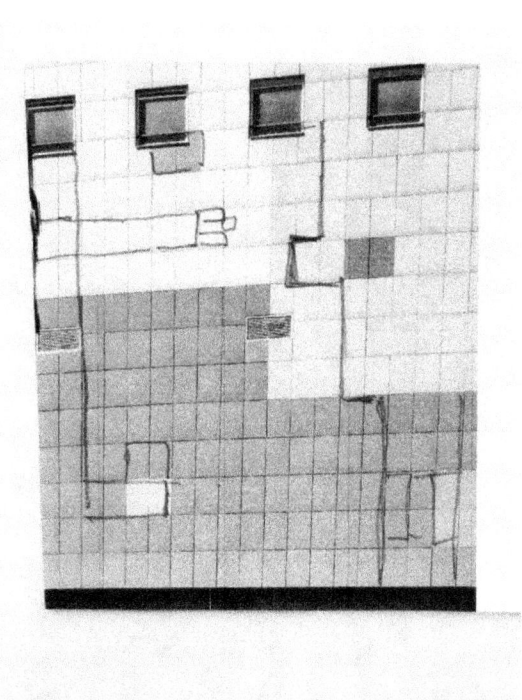

Kapitel sechs

„Lieber Herr Kollege Grotschy" war eine smaragdene Hamburgensie.

Herr Grotschy hatte den Knatschton überhört, der sich bei „Lieber" und „…tschy" von „Grotschy" durch Herrn Smaragds geschlossene Zahnreihen gequält hatte.

„Eben haben Sie mich noch ,lieber Herr Kollege' genannt und jetzt schauen Sie doch schon wieder skeptisch!"

„Ich habe sie mit ,Lieber Herr Kollege Grotschy' angesprochen. Darüber hinaus schaue ich nicht skeptisch. Ich erlaube mir, kritisch zu sehen. Haben Sie die Bilder derart verlottert vorgefunden, wie sie sich hier darstellen?"

„Was meinen der Herr Smaragd, bitt'schön, mit ,verlottert'?"

„Na eben, was verlottert bedeutet – halbe achtzig."

„Nie und nimmer halbe achtzig! Ganz unmög-
lich! Sehen's diese Unterlegungen und Rahmun-
gen...."

„...sind eine Zumutung!"

„...sind antike Wechselrahmen. Hoch gehandel-
tes original Kriegsbehelf."

Herrn Grotschy treibt das Genörgel vom
Herrn Smaragd die Zornesröte ins Gesicht, was alles andere als übergangsmä-
ßig aussieht, sondern sich zu einem repa-
raturbedürftigen Zustand zu verfestigen
droht, der mit seiner Erklärung von
soeben in Einklang steht.

„Sie können die Originalblätter ja meinetwegen
gleich in Barockgold zwängen lassen. Die Ab-
lichtung wird dann eh nicht besser. Was meinen
Sie, wie ich gezirkelt habe! Unter keinen Kopie-
rer wollte nichts passen."

Herr Grotschy beschreibt mit seinem
Rollerpen die Größenordnungen der von
ihm bemühten Kopierer in die abgestan-
dene Luft hinein.

„Ich für meinen Teil würde sogar dann noch diese etwas verquere, aber durch und durch authentische Anordnung bevorzugen, wenn man mir Donnerbalken aus Edelmetall mit Schmucksteinen besetzten Halterungen andienen würde!"

Herr Grotschy lehnt sich zurück und streicht über sein Schmerbäuchlein.

Herr Smaragd lacht sich Seelenballast vom Leibe, als wolle er noch schlanker werden, als er ohnehin ist.

„Ich meine sogar, dass dieses lose Aufliegen der Bilder auf lose aufliegenden Passepartouts mit lose aneinander gefügten Leisten in Weiß und unbearbeitetem Treibholz, besondere Leichtigkeit suggeriert. Sie lassen eine Beweglichkeit innerhalb der Portraitierung und auch des Gesamtbildes im Kontext mit den anderen Bildern der Zeitgeschichte zumindest erahnen. Wir in Wien waren schon immer..."

„Wir bei den Smaragds auch, das können Sie mir abnehmen. Ich hoffe, Sie haben nicht die ungewöhnlich progressive ‚Modehaus' - Galerie vergessen. Die Weiber wollten sich damit über Kunstanlagen einen Ausgleich zu dem traditionsreichen Tuchhandel der Familien schaffen. Er hatte winters die kaiserliche Marine zu allseitiger Zufriedenheit tauglich und repräsentativ in Dunkelblau eingekleidet und sommers in Weiß, ebenfalls tropentauglich, weswegen bei den von Kassenlos-Bords und ihrem angeheirateten Klüngel die Kenntnis von tropischen Ländern eine Selbstverständlichkeit war und mein Vater auch gerne zuhause einen Helm trug."

„Ein echter Clou!"

Herrn Grotschys Augen glänzen unternehmungslustig.

„Weiß midi auf Taille und mit Helm! Danke für die Überleitung, verehrter Herr Kollege. Jetzt kommt nämlich die Wanda wieder ins Spiel. Ihr oblag das Marketing für die ‚Das Modehaus'-Galerie mit bildlichen Darstellungen von und zu europäischer Eleganz, hellen, leichten Stoffen, Schnitten und Mustern mit folkloristischem Hintergrund aller Regionen der Erde und unter

Verwendung edelster Materialien neuester Tex-
tiltechnologien."

„Habe ich Ihnen zu viel versprochen?"

„Zu wenig, verehrter Herr Smaragd, zu wenig!
Geradezu revolutionär war die Idee von der
Wanda deshalb, weil die Modelle nicht nur fron-
tal, sondern ebenso von der Rückseite gezeigt
werden sollten. Es bedurfte einiger Intervention
beim Hof, diese Neuerung zu erreichen, wurde
jedoch schließlich genehmigungsreif, als das
Mamachen von der Wanda, Frau von Kassen-
los-Bord, geborene Smaragd..."

Herr Grotschy macht eine leichte, festi-
gungsgegelte Verbeugung Richtung Herr
Smaragd.

„...vor der zuständigen Jury glaubhaft argumen-
tierte, dass auch Marineoffiziere nicht nur mit
der Vorderseite Befehle zu erteilen pflegen und
damit Verbände in die Schlacht ziehen lassen."

Herr Smaragd lacht sich noch schlanker.

„Leider ist von dieser ungewöhnlichen Samm-
lung rein gar nichts aufzufinden.

Entweder ist die Kollektion insgesamt oder teilweise in den Kriegswirren ab 1914 und danach interimsweise oder dauerhaft untergegangen oder aber irgendwohin für die Textilgeschichte des Abendlandes buchhalterisch und physisch gerettet worden."

„Was zu beweisen ist."

„Sie sagen es - was zu beweisen ist.

Bis zum Zeitpunkt der vorliegenden Ausarbeitung, hatte ich noch keine Vorstellung davon, wo ich ansetzen könnte, um den Verbleib der Bilder ausfindig machen zu können. Vielleicht sind Sie erfolgreicher, verehrter Herr Kollege Smaragd."

Herr Grotschy verbeugt sich wieder Richtung Herr Smaragd.

„Ich kann das Folgende jetzt weglassen, wenn es sie zu sehr ermüdet, die Seitenwege mitzugehen", bietet Herr Grotschy Herrn Smaragd an.

Herrn Smaragd ermüdet das keineswegs. Er bittet geradezu darum, dass Herr Grotschy berichtet. Der arbeitet sich durch seinen Papierstapel und zieht mal hier, mal da ein Blatt heraus, vergleicht die Seiten, setzt sie neu zusammen und liest davon mehr ab, als dass er frei spricht.

„Haben der Herr Smaragd dazu Fragen?"

„Allerdings. Die Portrait-Galerie weist auf dem dritten Blatt einen Schnitt auf, der darauf schließen lässt, dass es sich nicht um eine künstlerische Kollage, sondern um zwei absichtsvoll über- oder untereinander geschobene Bilder frei nach einem Rezept für Frankfurter Rinderbrust handelt.

Theoretisch könnte auch bei den extrovertierten Darstellungen aus dem Bestand der ‚Das Modehaus'-Galerie ebenso vorgegangen worden sein. Man müsste nur noch das Rind und die passende Brust dazu finden." Herr Smaragd ist fasziniert von der Perspektive. Herr Grotschy ebenfalls.

„Auf die Füllung kommt es an!

Es ging wahrscheinlich um mehr als um Rückenfrei. Die Wanda machte sich Notizen für eine weitgehend textilfreie Kommunikationsbasis, deren mitteilsame Anatomie experimentierfreudige Künstler und ihre Begleiterscheinungen waren, stieß jedoch auf steifleinenen Widerstand und gab das Adam-und-Eva-Vorhaben endgültig auf, nachdem sie dem Bobo das Jawort gegeben hatte. Ich berichte aus dritter und vierter Hand."

„Ein Jammer, das mit dem Jawort!"

„Sie sagen es.

Übrigens habe ich aus dieser Aufbruchzeit in ein neues Körpergefühl in einem Kunstantiquariat ein Hörrohr zum Abhorchen von Brustkörben und Lungen gefunden, das unter Umständen aus einer der Kassenlos-Praxen des östlichen Familienzweiges stammen könnte."

„Sie sind ein Teufelskerl, Grotschy!"

„Wie hab' ich das zu verstehen?"

„Das zeige ich Ihnen, wenn ich das Hörrohr in den Händen halten kann."

„Bitt'schön, verehrter Herr Kollege Smaragd. Jetzt weiter?"

„Weiter."

„*Obwohl die Geschwindigkeit, die ich jetzt vorlege, beinahe ein Skandal ist, aber wenn Sie es so eilig haben, die Geschichte auf den Kopf zu stellen…*"

„Im Gegenteil – ich möchte sie gerade rücken."

Herr Grotschy schmunzelt.

„Ich möchte ein Theater haben, so eines für Erlebnisse bei jedem Wetter", lässt sich die Wanda verlautbaren. Es hört sich nach Kricket mit Südoster an.

Der Bobo pariert diplomatisch.

„*Eine gute Idee. Im Foyer können Golatschen und Mohnbeugel zum Kaffee oder Bier und Buletten serviert werden.*"

„Die Wanda nimmt die Parade für bare Münze und ist begeistert, was die intermatrimoniale Diplomatie vom Bobo aushebelt. Er gründet daraufhin die „*Kyattyani Stages Enterprise Ltd.*". Direktorin wird die Wanda. Sie beschließt, sich in Wien weiterzubilden.

Unter anderem will sie in Erfahrung bringen, was es mit der Noblesse-oblige-
Connection von Kaffeehaus Musikern,
ebensolchen Literaten und dem Hof auf
sich hat. Als Marketing Frontfrau interessiert sie insbesondere, wie man einen
publikumswirksamen Skandal in Szene
setzt und rechtzeitig entschärft, bevor er
eskaliert und was mit den Zeitungsfah-
nen am Stock geschieht."

„Ist das alles?"

Herr Smaragd ist drauf und dran, Herrn
Grotschy die Ausarbeitung aus der Hand
zu winden, was dieser verhindert, indem
er sich die Papiere vor das Gesicht hält.

*„Wenn Sie mir noch ein, zwei Worte gönnen
wollen...",* kommt es dumpf hinter dem
Papier her.

Er lässt seine Ausarbeitung vorsichtig
wieder sinken, riskiert einen Blick, ob der
Herr Smaragd sich in ruhige Sitzstellung
begeben hat und nimmt den roten Faden
wieder auf:

„Wissen Sie, das ist wie bei einem Fotoalbum mit diesen Eckerln, die so stark kleben, dass sie jedes Mal beim Umstecken eine rauhe Stelle hinterlassen und nur noch links oben oder rechts unten ein Eckerl nutzbar ist."

„Der Vergleich ist verdammt gut."

„Das war ein ‚Hm'."

„Das war kein ‚Hm'.

„Nun gut, dann war es eben kein ‚Hm', obwohl ich es anders gesagt hätte. Immer, wenn ein Eckerl versetzt werden muss, besteht die Notwendigkeit, ein größeres Bild als das vorherige den Platz einnehmen zu lassen, um schadhafte Stellen im Album zu verdecken. Ähnlich verhält es sich mit meiner Ausarbeitung.

Sie kennen's bestimmt das Malheur, dass schließlich nur noch ein ganzes großes Bild auf eine Seite passt, alle anderen Bilder vorgerückt werden müssen und zum Schluss ein ganz und gar neues Album mit einem Satz neuer Eckerl erstanden werden muss. Alle Bilder aus dem alten Album werden dann entfernt und im neuen so arrangiert, dass alte Platzverweise ausgeglichen werden.

Das alte Fotobuch sollte wegen der Abstraktion von Eckerl gepatchworkten Vergangenheitsmomenten auf keinen Fall weggeworfen werden."

„Und wie geht es nun real weiter?"

„Real geht es für die Wanda nach Europa."

Herr Grotschy blättert und berichtet wie gewohnt nach Gedächtnislage.

„Die Reisevorbereitungen gestalten sich für die Wanda als Single weniger aufwendig als bei der Hinreise."

„Wissen's, Herr Kollege Smaragd, der Bobo war arg aufwändig."

Herr Smaragd nickt, als wenn er zeitlebens unter der Aufwändigkeit des Herrn Bobo Kyattyani hätte leiden müssen.

Der Bobo und die Wanda fahren nach Kapstadt, wo die Wanda so schnell wie möglich an Bord möchte. Es ist wie auf der Hinreise nach Afrika die „Nadina".

„Gib mir Dein Taschentuch mit, damit ich es bei mir habe, wenn ich Heimweh bekomme!"

Sie steht an der Reling. Die ‚Nadina‘ tutet einen Abschiedsgruß ins Nebelhorn und legt ab. Das Taschentuch vom Bobo flattert in der Brise ein paar Male auf und ab, wird Richtung offene See getrieben und legt sich dort auf das Wasser, um einige Zeit Wellen zu reiten. Die Wanda sieht dem Treiben einen Moment zu, dreht dann kurz entschlossen um und geht in die Kabine, um sich zum abendlichen Dinner umzuziehen.

Ihr Tischherr ist ein vermögender Kaufmann aus St. Petersburg, Fürst S.. Außerdem am Tisch: die Fürstin T. und ein Großhändler in Sachen Heliumballons, der sich als Schotte in der 5. Generation, aber deutscher Herkunft ausgibt.

Fürst S. kennt und schätzt den Bobo Kyattyani und dessen weit verzweigtes Unternehmen, weswegen er mit dessen alleinreisender Ehefrau Konversation macht, als lasse er eine alte Bekanntschaft aufleben.

Die Wanda glüht vor Begeisterung. Sie erzählt dem Fürsten von den Theaterplänen und vergisst auch nicht, geschickt in einem Nebensatz zu verpacken, dass sie eine geborene von Kassenlos-Bord ist.

„Das kann nie schaden. Der Kunstverstand Ihrer Familie ist berühmt. Ich hoffe, Sie bleiben lange genug in Wien, um mich auch weiterhin in den Genuss zu bringen, in Ihren Fantasiereichtum Einblick zu bekommen."

Der Kontakt zum Fürsten S. bleibt tatsächlich auch an Land erhalten, wie der Chronik zu entnehmen ist.

„Wollen Sie andeuten, dass die Wanda des Fürsten Tischdame geblieben ist?"

Herr Smaragd möchte gerne mehr vom Innenleben des Geplauders zwischen dem Fürsten und der Wanda näher unter die angesagte Lupe nehmen.

„Sie gehen nicht gerade freigebig mit Informationen um, die einen Blick auf Art und Gestalt der Charaktere erlauben könnten", tadelt er.

„So warten's doch! Dieses ist erst der Vorspann."

Herr Grotschy reibt sich vergnügt die Hände.

„Sie werden's nicht erraten können, was noch kommt."

„Die Wanda hat, wie vom Bobo empfohlen, in einem Grand Hotel zwischen dem Opern- und Schubertring Quartier bezogen. Auch Fürst S. residiert hier, was einen unkonventionellen Kontakt zur Wanda gewährleistet."

„Da liegt also der Hase im Pfeffer!"

„Das würde ich so nicht sagen wollen. Der Kontakt lässt die Wanda nicht unberührt..."

Herr Grotschy seufzt tief. Herr Smaragd seufzt tiefer.

„Sie haben mich ein wenig aus dem Konzept gebracht. Warten's..."

Herr Grotschy blättert.

„Die Wanda sitzt Nacht für Nacht auf, betrinkt sich an Erinnerungen und macht sich zu allem Notizen und Skizzen."

„Ich habe aus verschiedenen Kartengrüßen und Kurzbriefen eine Zusammenfassung der Ansichten von der Wanda gemacht, um Ihnen nicht unnötig viel Zeit zu stehlen."

„Ihre Rücksicht geht mir richtig nahe."

„Sehen's, verehrter Herr Kollege Smaragd, das habe ich gewusst, deshalb gebe ich diese Emotionsebene nur dosiert an Sie weiter. Mehr kann ich beim besten Willen nicht verantworten. Sie werden es mir noch danken!"

„Das geht mir fast noch näher. Tun Sie sich bitte keinen Zwang an!"

„Womit?"

„Mit der Dosierung von gutem Willen! Glauben Sie mir, Kollege Grotschy, guter Wille wird am besten, wenn er in die Tat umgesetzt wird."

Herr Grotschy reicht Herrn Smaragd den penibel beschrifteten Schnellhefter mit den Zeichnungskopien, der ihn auf seine

Knie legt und mit aller gebotenen Vorsicht Blatt für Blatt genau studiert.

„Mir wäre es schon lieber, wenn Sie Handschuhe tragen würden. Ich kann Ihnen meine leihen", nörgelt Herr Grotschy.

„Fingerlinge würden reichen."

„Damit kann ich nicht dienen. Fingerlinge waren aus. Sie sind kostengünstiger. Deshalb."

Herr Smaragd nimmt wortlos ein sauberes Taschentuch.

„Mundschutz ist nicht nötig."

„Darf es stattdessen eine Zahnbürste sein?"

„Wissen Sie, da bin ich schon sehr eigen."

„Dann fragen wir doch mal die Bilder."

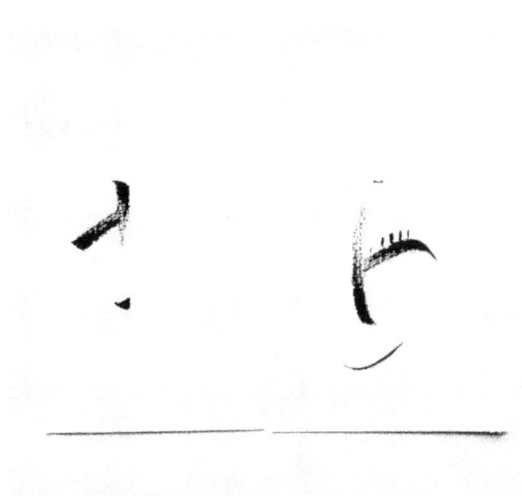

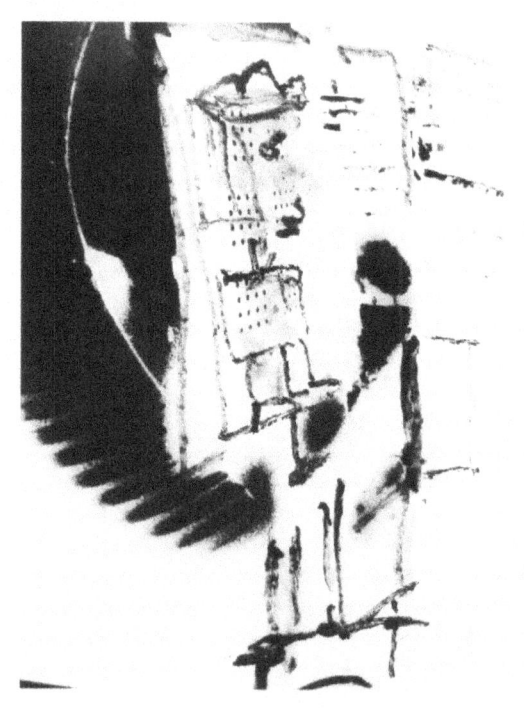

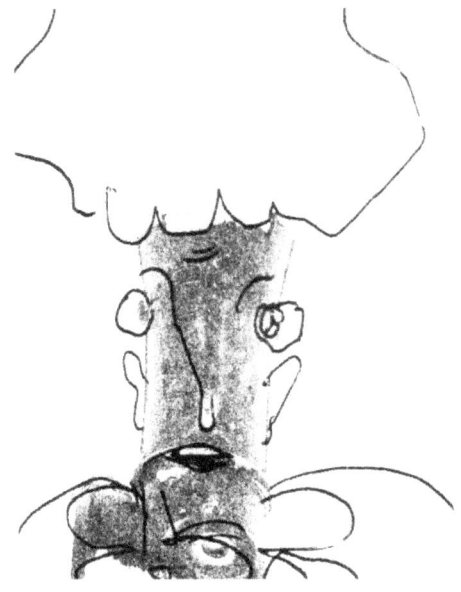

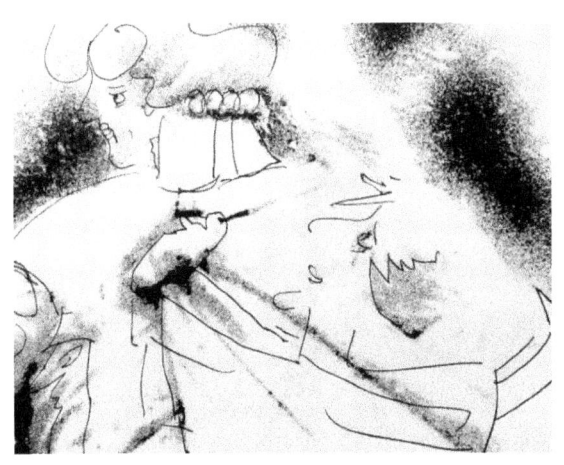

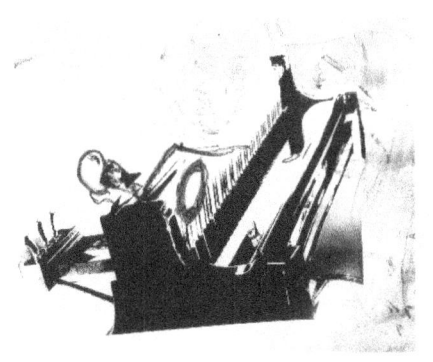

Kapitel sieben

„Sehr schön", lobt Herr Smaragd die Skizzen und reicht sie an Herrn Grotschy zurück.

„Darf ich weiter?"

„Gerne."

„Fürst S. sitzt im ‚Griensteidl' an der Wiener Hofburg – oder besser: am Michaelerplatz, wie der eingefleischte Wiener lieber sagt - den Blick starr auf die Parade der Fiaker gerichtet, die wetterfest tragen, als gelte es, die Hannoveraner bei den Habsburgern einzuführen."

„Tragen in Russland Schlittenpferde Pelz?", fragt die Wanda, nachdem sie sich auf Bitte des Fürsten hin an seinen Tisch gesellt hat.

„Dann würden sie sich vor sich selber fürchten - besonders die Schlittenpferde. Bei den Postkutschenpferden liegt die Sache etwas anders."

„Die armen Viecherl!"

„Schauen Sie nur in die Karten."

„Wie er die Wiener Dialektik beherrscht!"

„Es muss mit dem Gerücht aufgeräumt werden, Russen wären bewegungsfaul", fährt die Wanda – dem Anschein nach etwas unmotiviert - in die Kartenlegerei.

Der Fürst lacht.

„Sie kennen sich mit Schlitten- und Postkutschenpferden aus?"

„So wie jemand, der schlichte von krauser Petersilie unterscheiden kann. Aber den Postmeister kenne ich schon. Sein Dornröschen hat beim Karenin auch nicht ihre verordneten hundert Jahre voll abgeschlafen."

„Die Wanda wurde mit dem Spitznamen ,Wandotschka' geweckt."

„ ,Wandotschka' ist kein Spitz-, sondern ein Kosename. Dazu kann man sie nur beglückwünschen! Gibt es irgendwelche Belege dafür?"

„Schriftlich? Also, da tue ich mich schwer. Vielleicht ergibt sich eine Folgerungsmöglichkeit aus dem von mir herausgearbeiteten Beziehungsmoment zwischen dem Fürsten und der Wanda.“

„Der Fürst rückt eine Winzigkeit näher an die Wanda heran.“

„Gehe ich richtig in der Annahme, dass Ihnen Russland nicht ganz fremd ist?“, fragt der Fürst die Wanda eindringlich.

„Papachen hätte die Antwort auf ihre Frage verschoben, bis die Zeit dafür sinnvoller ist. Er hat es nicht mit langatmigen Erklärungen gehabt.“

„Sie haben also…“

„Was?“

„…sich die Denkweise Ihres Herrn Vater zu eigen gemacht?“

„Wie kommen Sie darauf?

Die Akzeptanz von Erbgut ist für den Reifeprozess der individuellen Bewusstseinsbildung prekär genug, aber bei weitem nicht so aktiv schwierig wie die von

Gedankengut, weswegen ich in erster Linie Regisseurin und Künstlerin bin", argumentiert die Wanda und wirft dem Fürsten eine selbstbewussten Blick zu.

„Ich würde sagen, das ist film- und fernsehreif", lässt sich Herr Smaragd vernehmen.

„Warten's — die ergreifenden Höhepunkte kommen noch."

Kapitel acht

Ein Ober hat sich dem Gespräch am Tisch des Fürsten S. genähert und macht Anstalten, die Wünsche der Gäste in die Registratur einzugeben.

„Einen ‚Franziskaner‘ Kaffee, bitte“, begehrt die Wanda.

„*Ein ‚Franziskaner‘*“, wiederholt der Fürst.

„Sehr wohl, ein ‚Franziskaner‘“, bestätigt die Registratur.

„Dazu?“

„*Dazu?*“, fragt der Fürst die Wanda, als ob diese der ‚Griensteidl‘-Sprache nicht mächtig wäre, was wohl in gewissem Maße stimmt, jedoch nicht in der Ausschließlichkeit, wie ihr unterstellt wird.

„Also, ein ‚Franziskaner‘. Soll ich noch einmal wiederkommen?“ Der Ober ist die hilfsbereite Liebenswürdigkeit selber. Der Fürst schließt sich an.

„Kommen Sie noch einmal wieder. Wir müssen erst wählen."

„Ich muss erst wählen", korrigiert die Wanda den Fürsten und vertieft sich angestrengt in die Getränke- und Speisenamen, deren historischer Sinn so faszinierend ist, wie die Schlechtwetterkleidung der Fiakerpferde draußen auf dem Michaelerplatz.

„Vanillekipferl?"

Die Wanda schüttelt vehement den Kopf.

„Danke, die kenne ich aus der Pampa."

„Wie interessant! Vor oder nach Sonnenaufgang?"

„Sowohl als auch."

„Das können Sie nur einem Kyattyani zu verdanken haben!"

„Haben Sie sich entschieden?", fragt der Ober, der wie bestellt am Tisch auftaucht und wiederum seine Registratur bereit hält, um die erweiterte Bestellung aufzunehmen.

„Sie selber möchten nichts mehr?" Es klingt, als habe die Wanda den Ober angesprochen, der nun seinerseits den Fürsten fragt.

„Nein danke."

„Und Sie – auch nichts mehr?" Die Wanda ist gemeint. Der Ober guckt streng. Die Wanda guckt weg. Ihr Blick fällt auf die Vitrine mit Torten in verschiedenen Höhen und Breiten.

„Ich überlege noch - haben Sie Kuchen?"

„Diverse." Der Ober ist ein Informations- und Bewegungsroboter. Nichts weniger. Vielleicht manchmal mehr. Wer weiß. Steife Kragen können gelegentlich auch für Beherrscher der Beherrschtheit eng werden.

„Dann bitte einen Kaiserschmarren."

„Einen Kaiserschmarren für die gnädige Frau", wiederholt der Fürst.

„Sehr wohl. Dann haben wir also einen ,Franziskaner' und einen ,Kaiserschmarren'. Es kann etwas dauern."

„Ist es Ihnen recht, wenn es etwas dauert?", wendet sich der Fürst an die Wanda.

„Da kann man wohl nichts machen."

„Wohl wahr! Da kann man nichts machen. Warum sollte man auch?"

Fürst S. tritt innerlich ein wenig zurück und betrachtet seine gesprochenen Worte.

„Ihre Familie - wenn ich so sagen darf – scheint das Weltgeschehen mit alertem Interesse zu verfolgen."

„Ihnen ist nichts Menschliches fremd."

„Interessant!"

Die Wanda meint, dass sie eigentlich eine zugewandtere Antwort verdient hätte und kontert:

„Wollen Sie in Wien einen Klassiker inszenieren?"

Der Fürst lacht.

„Ich bin gerade dabei."

„Aha", sagt die Wanda. „Daher."

„Vielleicht können wir eine Interessengemeinschaft auf Zeit bilden."

„Das kommt darauf an, was Sie darunter verstehen. Ich bin in festen Händen."

Die Wanda lehnt sich zurück und mustert den Fürsten mit forcierter Kälte.

„Wer geht schon mit den Erschwernissen des eigenen Lebens hausieren?"

Die Wanda errötet. Sie schaltet auf Ratio.

„Sollten wir uns nicht erst stärken?"

Der Ober serviert.

„Einen guten Appetit."

Der Fürst lächelt und nippt an seinem verbleibenden Viertel Schokolade.

„Warum inszenieren Sie nichts Russisches?"

Die Wanda betrachtet einen bizarren Flecken, der wohl von Rotwein herrührt.

„Präzise gehet es um Mussorgskys ‚Bilder einer Ausstellung'?"

„Und?"

„Uns fehlt eine Novelle dazu."

Die Wanda nippt ‚Franziskaner', pickt ‚Kaiserschmarren' und denkt nach. Der Fürst betrachtet mit erhöhter Observanz die gestriegelten Fiakerpferde auf dem Michaelerplatz. Sie tragen Scheuklappen.

„Gibt es Pferde, die nur eine Scheuklappe tragen?"

„Wenn sie eine Occasion war."

Herr Grotschy überlegt, wie er die ungewöhnliche Wendung im Gespräch des Fürsten mit der Wanda am besten überbringt und will sicher stellen, dass Herr Smaragd nicht gleich alles vom Tisch fegt, weil es ihm zu unwahrscheinlich klingt. Dabei hat er, der Grotschy mit einem Einfühlungsvermögen, um das ihn Johann Nepomuk Mälzel, der geniale Erfinder des Metronom, beneidet hätte, sich mit allen zur Verfügung stehenden Gehirnwindungen bemüht, ihm, dem Herrn Smaragd mit der messerscharfen Logik, eine Idee davon zu geben, dass alle Sinnesorgane zum Einsatz kommen müssen, soll es bei diesen Recherchen zu einem vorzeigbaren Erfolg kommen.

„Sie werden es kaum für möglich halten, aber zwischen zwei Happen Grießbrei Imperiale – mehr waren es auf gar keinen Fall - hat die Wanda den Fürsten S. ganz kühl und selbstverständlich nach einem Wasserschwein gefragt!"

Herr Grotschy hält inne, wie um abzuwarten, ob das Medikament die gewünschte Wirkung zeigt.

„War da nicht was mit dem Bobo?"

Herr Grotschy liest in seinem Text, um Herrn Smaragd auf die Sprünge zu helfen, findet aber nicht sogleich das Zitat, in dem er die Antwort des Fürsten zur Wasserschweinfrage der Wanda festgehalten hat und formuliert um:

„Ich fürchte", bekennt der Fürst in seinen gestrählten Bart hinein, *„ich verstehe nicht ganz. Meinen Sie, dass es eine globale Spezies von Lebewesen aus Grieß oberhalb oder unterhalb des Meeresspiegels gibt?"*

„Wissen Sie, Russen denken immer an etwas Essbares", flicht Herr Grotschy ein. *„Für Grieß lassen sie beinahe alles liegen und stehen."*

„Das habe ich entfernt anders in Erinnerung", hält Herr Smaragd dagegen. „Aber lassen wir das. Was hat die Wanda geantwortet?"

„Je nach dem."

„Das war alles?"

„Sie haben mich nicht ausreden lassen."

„Dann tun Sie das doch!", worauf Herr Grotschy sich nicht lange bitten lässt.

„Das Wasserschwein ist objektiv nicht gerade von bevorzugter Schönheit, meint aber subjektiv, so wohl geraten zu sein, dass es nur in die Nähe von illustrer Farbigkeit zu kommen braucht – und Simsalabim - wird es von einem Nobody zu einem Jedermann aufgepeppt. Was dabei herauskommt, ist von der kaum zu überbietenden Komik eines..."

Herr Grotschy hält inne.

„Ich zitiere die Wanda, Herr Kollege Smaragd. Nicht, dass Verwechslungen aufkommen!"

„Entschuldigen Sie, ich muss diesen Vergleich bringen", sagt die Wanda. „Bitte fühlen Sie sich nicht angesprochen. Mein Vergleich ist choreografisch zu verstehen..."

„Ach was, ich erzähle das lieber. Die Wanda konfrontiert den Fürsten allen Ernstes mit einem Stinktier oder auch Skunk als Meister Philosophen unter den Raubtieren."

Herr Smaragd schlägt sich vor Vergnügen auf die Schenkel.

„Und Fürst S.?"

„Der Fürst fühlt sich zunächst gar nicht angesprochen, was die Wanda nutzt, um die Situation diplomatisch in den Griff zu bekommen."

„Ich darf noch ergänzen, dass ein Wasserschwein von früher Jugend an stets auf innere Signale hört und sich damit in einem permanenten autogenen Training befindet, das Sonnengeflecht zu finden", erklärt sie ihm.

„Ich denke über Ihr Angebot nach."

„Sie werden also eine Geschichte zu ,Bilder einer Ausstellung' schreiben?"

Die Wanda schwenkt um, das heißt: genau auf den Fürsten zu, was – so viel sei schon verraten - zunächst rein mental zu verstehen ist.

„Ich kann Ihnen einige Skizzen, die ich für eine zukünftige Regiearbeit angefertigt habe, zur Ansicht überlassen"

„Welche sind das?" Herr Smaragd ist in Stellung gegangen.

„Wenn ich das wüsste, wäre ich ein gemachter Mann! Wahrscheinlich sind sie noch im Besitz der Familie des Fürsten S. oder seiner Nachkommen, vielleicht sind sie aber auch verloren gegangen, vielleicht modern sie in einem Theatermuseum, vielleicht..."

Herr Grotschy versucht, einen Blick aus dem Fenster zu werfen, an dem immer wieder Schatten von eiligen Menschen vorbei huschen.

„Ich darf aber schon so viel verraten, dass der Fürst die Hand von der Wanda mit viel Allure küsst, womit eigentlich die Novelle zur Komposition vom Modest Petrowitsch..."

„Mussorgsky", ergänzt Herr Smaragd pedantisch.

„...und von ihm besonders die ‚Bilder einer Ausstellung'..."

„Genau das ist der springende Punkt, verehrter Herr Grotschy!"

„Ich werde mich beeilen, Ihre Neugierde zu befriedigen. Lassen Sie mir doch noch etwas mehr Zeit, die metaphysischen Signale, die vom Fürsten und der Wanda ausgehen, zu verdeutlichen."

„Mit Tempelgong und Waschbrett?"

Herr Grotschy überhört die Grobheit des emotionsbefreiten Einwurfs auf seine eigene, gefühlvolle Weise. Er blättert um, und das geräuschvoll.

„Müssen Sie die Seiten immer so knattern lassen?", fährt Herr Smaragd Herrn Grotschy an, der sich nicht stören lässt.

„Die Geschichte muss zu der Musik passen", sagt die Wanda schließlich.

„Meine Liebe, darüber haben wir uns bereits ausgetauscht."

„Nicht, dass ich wüsste. Ich muss das alles mit meinem Mann besprechen."

Der Fürst lächelt hintergründig.

„Ich würde mich freuen, wenn Sie nichts überstürzen würden und befinde mich damit wahrscheinlich in Übereinstimmung mit Ihrem Herrn Gemahl."

Er öffnet sein Zigarettenetui, entnimmt ihm eine ägyptische Zigarette und riecht daran. Dann legt er sie zurück.

„Ich dachte, Sie hätten mich verstanden."

Die Wanda kämpft mit Tränen, Sie tupft sich den Mund erneut, um das Gesicht mit der Serviette zu verdecken.

„Wir sollten vielleicht das Lokal wechseln, was meinen Sie?"

Kapitel neun

„Der Kyattyani war also untreu", lässt sich Herr Smaragd ungeschliffen vernehmen. Nicht das kleinste Feigenblatt gönnt er der Wirklichkeit. „Eine penetrante Sauerei ist das!"

„Und was für eine!", stimmt Herr Grotschy zu. „Soviel ich weiß, hat der Kyattyani sich nicht im Geringsten geniert. Er ist mit einer Frau Chagalevskaja derart fremd gegangen, dass man ihm den Logenplatz in der Hofoper gekündigt hat. Hochnotpeinlich war, dass es ausgerechnet die Wanda war, die die Chagalevskaja in die Gesellschaft eingeführt und ihr den Spitznamen ‚Grießklößchen' verpasst hat.

‚Grießklößchen' galt als die Vertraute von der Wanda und war somit die Nummer zwei vor dem Fräulein mit Anstand und Sitte."

„Chagalevskaja und ‚Grießklößchen'?"

„So wahr ich Grotschy heiße."

„Dem Namen Chagalevskaja bin ich bereits verschiedentlich begegnet. Es ist ein

Pseudonym gewesen, habe ich mir sagen lassen.

„Dem mag ich nicht widersprechen. Nach Pseudonym sah sie schon aus, die Chagalevskaja. Ich habe Madame — rein beruflich, versteht sich - einige Male im „gelben Haus" am Harvestehuder Weg in Hamburg-Rotherbaum besucht.

Sie gab sich als überaus generöse Selbstdarstellerin mit Absencen, die vermutlich nicht alle simuliert waren. Allein, dass sie im „gelben Haus" wohnte, in einer der teuersten Wohngegenden pro bebautem Quadratmeter, obwohl sie - nach eigenen Angaben - über kein Einkommen und Vermögen verfügte, ist eine Denksportaufgabe, der ich mich noch nicht voll umfänglich widmen konnte."

„Sie haben dazu sicherlich eine verwertbare Aktennotiz mitgebracht."

„Ich könnte in Zukunft Belege vorweisen."

„Von der Chagalevskaja?"

„Indirekt."

„Welchen Familiennamen hätten Sie der Chagalevskaja denn nach Stand ihrer Erkenntnisse zugetraut?"

„ ‚Notturno'. "

„War sie Ihre Muse?"

„Eher mein Musikantenknochen. "

„Das ist stark."

„Dem habe ich nichts entgegenzusetzen. "

„Vorerst bin ich gespannt, ob der Fürst und die Wanda tatsächlich zusammen Schlitten gefahren sind."

„Der Fürst bemüht sich in Wien mehrere Wochen, die Wanda zu trösten, was diese standhaft abwehrt, aber ihre Rückreise nach Afrika immer wieder verschiebt und lediglich an den Bobo depeschiert, sie schreibe für den Fürsten S. eine Erzählung zu ‚Bilder einer Ausstellung'. Dafür müsse sie in Wien bleiben, was mit einem grimmigen Kommentar quittiert wird, den ich Ihnen ersparen möchte. "

„Tun Sie sich keinen Zwang an."

„Wobei?"

„Beim Ersparen."

„Nur so viel, damit Sie auf den Geschmack von Unsäglichkeiten kommen..."

Herr Grotschy sieht Herrn Smaragd streng an.

„... um sie nie gebrauchen zu wollen: Der Bobo schimpft seine Frau unter anderem ‚Zipolle'!"

Herr Smaragd setzt sich vor wie ein Löwe auf dem Sprung.

„Juwelen könne sie auch in Afrika haben, Gold ebenfalls und Bilder einer Ausstellung habe er mehr als genug."

„Das hat die Wanda doch wohl hoffentlich nicht auf sich sitzen lassen!"

„Aber nein! Die Wanda lässt sich endlich vom Fürsten Trost spenden, nennt sich von Tag und Stunde an ‚Frau Wykunda' und bekommt etwas später, als der Initialtrost wohl schon etwas verflogen war, zum Jahrestag der Erfindung des Honigkuchens eine Originalhandschrift vom Modest Petrowitsch verehrt."

„Mussorgsky", komplettiert Herr Smaragd wie zuvor.

„Sie sagen es, verehrter Herr Kollege: Modest Petrowitsch Mussorgsky. Es ist ein Brief...", fährt Herr Grotschy navigationstechnisch versiert fort, *„...in dem sich Modest Petrowitsch..."*

„Mussorgsky, nicht wahr?"

„...in dem sich Modest Petrowitsch Mussorgsky mit Improvisationen zu einem Promenadenimpromptu beschäftigt."

„Hab' ich es mir doch gedacht! Da kommt Bewegung rein."

Herr Grotschy nickt.

„Den Bobo hält bald nichts mehr in Afrika. Das Theater wird verkauft, die anderen Geschäfte laufen hochtourig weiter. Die Chagalevskaja folgte ihm auf Schritt und Tritt."

„Das muss um 1909 gewesen sein."

„Meine Übersicht spricht für Sie."

„Die Gründung des Berliner Herbst Salons ‚Grießklößchen' erfolgt."

„Der Berliner Herbst Salon wurde allen Ernstes unter dem Titel ‚Grießklößchen' gefeiert?"

„So wahr ich ein Smaragd bin."

„Das ist ein Skandal allererster Güte! Unter diesen Umständen habe ich schon keine Lust mehr zu erzählen."

„Gerade jetzt, Herr Grotschy! Erzählen Sie und Sie werden merken, wie wichtig Ihre Erzählung ist."

„ ‚Salon Grießklößchen' - das ist ja naturhistorisch!"

„Und noch bei weitem nicht alles!"

„Wollen wir jetzt essen gehen?"

„Schön essen gehen, Herr Grotschy. Hier in Hamburg geht man schön essen, trinkt dazu eine schöne Flasche von was auch immer, unterhält sich über alles noch einmal, was vorher besprochen wurde und zahlt hinterher getrennt."

„Wo gehen wir hin?"

„In meine Mensa."

„Bin ich da nicht etwas deplatziert?"

„Dann kommen Sie mal mit."

Herr Smaragd schaut Herrn Grotschy unverhältnismäßig tief in die Augen.

„Es geht da sehr Deutsch zu!"

„Ich bin noch ganz rüstig."

„Das weiß man meistens erst hinterher."

„Mit anderen Worten: ich muss mich darauf gefasst machen, dass es früh wird und gehe davon aus, dass auch zu vorgerückter Stunde kein Krawattenzwang besteht."

„Mit anderen Worten: Sie müssen sich darauf gefasst machen, dass Sie gewappnet sein müssen."

„Wo ist der Unterschied?"

„Der ist so ungefähr wie zwischen Olli und Oschi."

„Wissen's, das ist beinahe ungeheuerlich."

„Kommen Sie, wir gehen. Wir haben uns eine Stärkung verdient. Danach suchen wir die Originalhandschrift vom Mussorgsky."

„Modest Petrowitsch, bitt'schön."

„Haben Sie schon ein Strategiepapier? "

„Für den Modest Mussorgsky oder ‚Bilder einer Ausstellung‘?"

„Geht das nicht zusammen?"

„Da müssen Sie die ‚Promenade‘ des Komponisten bemühen."

„Wo bietet die sich an?"

„Das wissen Sie als Nordlicht doch wohl besser als ich."

„Ich und ein Nordlicht?"

Herr Smaragd lacht.

„Ehrlich gesagt, bin ich noch nie verdächtigt worden, ein Nordlicht zu sein, aber sei's drum...

Also, Ihr ‚Nordlicht‘ bescheint den Hamburger Speckgürtel, genau genommen den zweiten Kreis davon."

„Frühstücksspeck?"

„Wir kommen wohl nicht umhin, uns nach Lüttodien zu begeben."

„Wenn ich darum bitten darf, nicht zu viel auf Schusters Rappen. Das zwickt meine Physis.

Ich möchte beinahe sagen, es kommt gleich nach den Folgen einer Kneipennacht. "

„Wir können das einigermaßen geschickt vermeiden."

„Machen Sie sich meinetwegen bitte keine Umstände. "

„Das kommt darauf an, was Sie unter ‚Umständen' verstehen."

Herr Smaragd holt aus der Grunge-Jackentaschen eine Landkarte von Nord-Nordostdeutschland.

„Wenn wir von hier aus Biinenwalken bei Lüttodien angehen – er zeigt auf die Autobahnausfahrt Stellingen - sind wir beinahe genauso schnell da, als wenn wir erst durch Lüttodien müssen, um dann über Biinenwalken I und II in Biinenwalken einlaufen zu können."

„Ich war ein paar Mal da oben - von wo aus haben wir denn die größten Chancen, die Handschrift vom Modest... "

„Mussorgsky."

„...zu finden. "

„Mit Vertrauen auf den syltischen Bauernkalender. Der hat die Genauigkeit von Ebbe und Flut in allen drei Biinenwalken nacheinander."

„Ein hundertjähriger Kalender?"

„Damit kommen wir wohl nicht ganz aus. Da müssen wir noch locker weitere hundert plus Jahre drauflegen."

„Ich verstehe. Wird im Speckgürtel daran gearbeitet?"

„Darauf können Sie sich verlassen. Dort stehen auf ehemaligen Kuhweiden historische Plattenbauten gleich neben antiken Landschlössern mit bewirtschafteten Gutshöfen und voll beheizten Katen!"

„Deshalb Biinenwalken!"

„Daran habe ich noch gar nicht gedacht."

Herr Grotschy schmunzelt.

„ Aus dem Zug durch die Kneipengemeinde wird erst mal nichts. Ich muss ausschlafen, bevor wir als ,Taskforce Mussorgsky' ausschwärmen."

Herr Smaragd mag Herrn Grotschy trotz vorgerückter Stunde und Feierabendstimmung nicht gehen lassen.

Jetzt gerade ist der Köder ausgelegt und Herr Grotschy hat angebissen. Er scheint sogar schon darüber nachzudenken, wo und wie die Handschrift ausgebuddelt werden kann. Die Recherche muss ohne Verzug weitergehen.

„Vielleicht können wir uns schon mal dem Tatort nähern. Ich kenne zwischen Lüttodien und Biinenwalken ein kleines Hotel, ein Torhaus."

„Fahren Sie nur voraus. Ich komme früher nach, als ihr frühstücksspeckiger Bauernkalender aus Sylter Scholle zu errechnen in der Lage ist. Heuer ist Katenschinken angesagt!"

Bitte umblättern®

Ordinarius Veccius

Weitere Bücher von Irene Pietsch:

DoKa,

Landarzt mit Zukunft, Russlands Beitrag zur Kultur Europas in Modest P. Mussorgskys „Bilder einer Ausstellung", ist außerdem Dramaturg des großen Rätselratens um Nachspielzeiten in einer bewegten Familiengeschichte.

Paperback   ISBN 978-3-946267-03-4
Hardcover   ISBN 978-3-946267-04-1
e-Book   ISBN 978-3-946267-05-8

Jabo Clic

Im Mittelpunkt steht die Frage, ob die Welt ohne die Kreation des Tafelspitzes besser geworden wäre. Herr Grotschy gibt fachkundige Antwort.

Paperback   ISBN 978-3-946267-21-8
Hardcover   ISBN 978-3-946267-22-5
e-Book   ISBN 978-3-946267-23-2

Jabo Noi

Geschichten mit Skandalen aus Hamburg-Rotherbaum, recherchiert und erzählt von Herrn Grotschy.

Paperback   ISBN 978-3-946267-33-1
Hardcover   ISBN 978-3-946267-34-8
e-Book   ISBN 978-3-946267-35-5

www.ingramcontent.com/pod-product-compliance
Lightning Source LLC
Chambersburg PA
CBHW050348030726
47503CB00008B/2665